Middle ——— 著

曾經錯過的時間
曾經對過的你

有些表白，並不是為了要得到一個人，

而是為了讓自己可以再重新開始。

如果，你也會喜歡這一個喜歡你的我，多好。

原來，我喜歡你，你不喜歡我，是會令自己變得如此卑微。

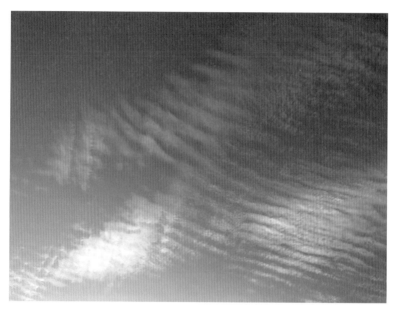

再怎麼不捨，再怎麼喜歡，有些人始終不會屬於自己。

幸好，千迴百轉，我們都來得及在最後一刻，留住對方。

只希望，你可以幸福快樂。至少，要比現在的我們，更加幸福。

過去的人與事，有天總會無情地成為不會再思念的細碎。

這個世界沒有真正的放下，我們可以做的，
就是學會放過自己。

Preface 自序

誰又沒有試過，希望找到一個對的人，
但到了最後，還是只能錯過這一個人。

有些錯過是，我們喜歡一個人，
但是沒有把握機會，去告訴對方知道。

有些錯過是，我們明明互相喜歡，
只是不敢向對方坦白，漸漸地變得陌生。

有些錯過是，我們太早就在一起，
不懂得珍惜，卻又太輕易放開了對方的手。

有些錯過是，我們曾經都很在乎對方，
只是我們在乎對方的時間，始終都不會一樣。

有些錯過是，我們終於找到一個對的人，
卻相遇在不對的時間，再同步也無法同偕共老。

有些錯過是，我們以為不會放開對方的手，
但是你我無論如何堅持，最後還是變得不相往來。

有些錯過是，我其實應該好好把你留住，
只是我太遲才發現你的嘆息，也太遲才去記起，
你的笑臉、還有你一直以來所給予的溫柔。

有些錯過是，我仍然喜歡你，
但是我們已經不會再聯絡、不會再見面，
即使偶爾還會念念不忘，你也不可能會知道。

有些錯過是，經過千迴百轉，
原來最值得留住的人，一直就在自己身邊；
只是我們已經錯過了太多時間，
那些曾經的美好，無法再重來……

有些故事，也許從一開始就已經註定。
有些人註定會一起走到白頭，
有些人無論如何不捨，最後還是只能讓彼此錯過。
然後，隨著一次又一次的離合聚散，
我們或許會開始許願，下一次可以在對的時間，
遇上真正對的那一個人……

只是錯過了，是真的只有遺憾嗎？
能夠牽緊對方的手，又是否就等於可以得到幸福？

Middle

Contents

2017.

Chapter 01 李明信

有時會想，如果我喜歡的你，
也一樣喜歡著我，那有多好。

曾經我們都會期許，找到一個真正對的人，
不一定要完美無瑕，也不一定要驚天動地，
只望可以全心全意、義無反顧地喜歡這一個人，
不需委屈或勉強自己，不用太卑微地討好對方；
就只願這一個人，也是如此喜歡自己，
願意去理解、接收及分享彼此的人生，
一起成長、學習、經歷、堅持、到老白頭。
即使幾許風雨，但仍是會握著對方的手，
一起笑到最後；
即使平淡如水，也會感恩能夠遇上彼此，
只覺心滿意足……

只可惜，世事未必可以如此完美。
有些人可以輕易地找到這一個人，
有些人即使窮盡運氣，還是無法牽起對方的手，
有些人來到這天，還是沒能找到那一個身影，
有些人在開始的時候，就已經失意放棄了……
也有些人，找到了很多不對的人，
漸漸忘記了自己的初衷；
也有些人，會告訴別人他已經找到了，
但其實不是真的找到，
就只是習慣了有一個人在自己身邊……

來到這天，你又找到那一個對的人嗎？

2007.

「喂。」

「嗯？」

「我問你啊。」

「什麼事？」

「如果……」

「如果什麼呢？」

不知為何，直覺告訴我，簡珮兒接著要說的話，將會與我有關。

「如果……你喜歡了一個人，你會想告訴那一個人嗎？」

果然，她裝作自然地說出了這一句話，這一個，這陣子我一直也在煩惱的問題。

「為什麼這樣問呢？」我反問她。

「李明信，你不要又用反問來回答我。」她雙眼盯著我，態度強硬的。

我知道她這個執著的表情，代表著哪種意思。

「喜歡一個人，就不妨告訴她知道嘛。」我假裝輕鬆地回答。

「『不妨』，那麼是否代表，不一定要讓對方知道？」

「你幹嘛問得這麼認真。」我搔搔頭，拿起自己的飲料喝一口。

「我想知道你的看法嘛。」

她鼓起腮，臉紅紅的，像一顆蘋果，也像一個淘氣的小孩，等著大人們的疼愛。我從來都沒有告訴她，我最喜歡她這個樣子，因為我不想讓她知道，我對她的感情。

「你有喜歡的對象了嗎？」

「沒有。」她回答得直截了當。

「那就是有吧，你這種態度。」我語氣輕鬆，心裡卻有點著急。因為我知道，每次她不自覺地用直接的態度去否認一些什麼，通常就是別人說中了某些她不想承認的心事。

「其實你這個年紀，有喜歡的人也是很平常的事啊……」

「李明信，怎麼你的語氣就像是一個老頭呢？」她皺著眉，裝作不想與我親近。

「如果我是老頭，身為我好友的你，就是一個老婆婆了吧？」我不留情地反擊，然後和她你一言我一語地互相抬槓；最後她原本想問的問題，就這樣不了了之。

—…—…—…—

從中學一年級開始，我就已經喜歡簡珮兒這個女生。

她並不是班上最漂亮的女生，但比起其他女生，她總是能夠輕易吸引我的眼光。

在教室裡，在操場上，在擁擠的川堂裡，在回家的路途上，只要我想去尋找，只要她存在，我都能夠在很短時間內找到她的身影。

最初也曾想過，自己是特地去找尋她，日有所思，難免會對於她的身影格外敏感。然而，之後發生過無數次，我們的目光偶然地互相碰上，她沒有避開，還像是感到很有趣地對我微笑一下，讓我每次也忍不住傻傻地回以她一個微笑。

後來，到了中學三年級，有一次班裡重新分發座位，碰巧我與她被編排坐在隔鄰，自此之後，我們就變成了一對無所不談的好朋友。

她的家教很嚴，放學後，父母都不讓她講電話。假期上街，也是只可以與女生出外，而且也要在晚上六時前回家；如果有男生，她的母親通常都不會放行。

因此那時候，我們都會使用私人的聊天室聊天，或是用 MSN 互傳訊息。對於本來拙於言辭的我來說，用訊息文字來交流，也許是更好的媒介

來讓我們認識彼此，也不會受到不熟悉電腦及互聯網的父母們干擾。

在網路上，我們彼此交談了比課堂上還要多的話，從彼此喜歡的小說、音樂、電影，說到小時候喜愛的卡通、玩意、零食、偶像，再談到對將來的想像、前途、旅行、出走、夢想，總覺得這一個人與自己是這麼相似、合襯。

那時候，我喜歡聽周杰倫的〈軌跡〉，她碰巧也很喜歡《尋找周杰倫》這齣電影。那時候，她迷上了九把刀的《那些年，我們一起追的女孩》這一本書，我告訴她這部小說如果拍成電影，一定會大賣；她說她也有這一種感覺，如果有天拍成電影，我們一定要一起進場去看。

那時候，我們都迷上了用訊息來互相傳達暗號，或是用各種輸入法的拆碼，在剛剛流行的臉書上說著只有我們自己才明白的各種心事；後來看《志明與春嬌》這電影，見到張志明傳給余春嬌「n 55!w！」時，第一時間我就想起，我們以前也曾玩過這種倒轉解碼的玩意。只是當時，我們沒有將自己的心意，埋藏在訊息之中，只是那時候，我們感恩能夠遇上一個願意這麼了解自己的同伴，多於希望得到對方的喜歡。

即使其實可能只是我一廂情願。

但是這三年來，我與簡珮兒總是形影不離，課堂上、下課後，我們都總會在對方的身邊。其他同學都問我，她是不是我的女朋友，每次我笑著否認，大家都一臉不相信，彷彿責怪我沒有對他們坦誠相告。但我們真的只是朋友，再沒有其他。

在我們的交往之中，從來都不帶半點曖昧。我們互相了解，也因此明白到，她待我的態度其實就跟一般朋友無異。我們平常也不會談及關於愛情的話題，最多會說說某同學與誰在地下情的八卦是非，幾乎沒有談到我們自己喜歡的對象，更別說是我們兩人之間的關係。

就只是朋友，只是朋友，如此而已。

在我開始太習慣這樣回答所有人的猜想，漸漸我也真的相信，這就是我們兩人之間的界線。

即使有多少次，我為了想討她歡喜，而做過一些不值一提的傻事，但幸好，她始終不明白我那拙劣的感情表達，始終都無阻，我們之間的情誼變得越來越深厚。

這樣也好。不能在一起，但我們會一直友誼永固。

這樣也好。

———…———…———

「如果你不下手，其他人就會下手去追簡珮兒啊。」

只是林銘謙總是在旁邊一直這樣囉唆。

「如果你對她有興趣，就不要在旁嗐起鬨，心動不如行動。」我還擊。

林銘謙是我小學時就已經認識的老朋友，升上中學後我們仍是就讀同一間學校、同一個班級，雖然我們的個性並不相像，但多年來的情誼，卻是其他人無法相比。

「就算想追，也輪不到我去追吧。」林銘謙翻了一下雙眼，又說：「你知道嗎，聽說隔壁班的陳英傑與張堅強，也對簡珮兒有好感呢。」

「真的嗎？」陳英傑與張堅強，可是學校籃球隊的正副隊長，為學校贏過不少比賽，深得全校女生愛戴，是校內的風雲人物。我心裡驚訝，只是臉上還是盡量表現得淡然，卻又忍不住追問：「為什麼他們會對簡珮兒有好感？」

「你忘記了嗎，上個月學校音樂比賽，簡珮兒代表我們班出賽，她在台上的風采，可是迷倒了不少人呢。」

簡珮兒有個悅耳的嗓子，閒時就喜歡在家裡翻唱別人的歌，然後放上

網路找尋知音人。我最喜歡聽她翻唱樂團 Beyond 的〈情人〉，她別出心裁，在〈情人〉之中混合了張學友的〈我真的受傷了〉的歌詞與編曲，令人留下更深刻印象。雖然她的唱功並不是最好，但是她唱出了一種韻味，一種從她的外表上看不出來的經歷與感慨。

「原來如此。」我內心既為她得到知音人而高興，也為更多競爭者的出現，而感到一陣惶恐。

「其實你們那麼友好，你真的沒想過去追求她嗎？」

「我跟你也很友好，你想我去追求你嗎？」

我反問林銘謙，他裝了一個作嘔的表情。

說追求，誰也會說。問題是，怎樣去追，還有表白之後，會有什麼後果。

隔壁班的李子健，試過寫一封情書給簡珮兒，她看也不看，就把它丟在垃圾箱裡了。李子健也試過一連兩星期，每天都到簡珮兒喜歡的咖啡店、買她喜歡的卡布奇諾，放在她的桌子上；但這十杯咖啡，都逃不過直接拿去洗手間倒掉的命運。

之後，簡珮兒沒有再跟李子健說話，而在他展開追求之前，他們本來是音樂學會裡最友好的夥伴。後來李子健跟另一個年輕一級的女生戀愛，簡珮兒有一次苦笑說，看，他的認真其實就只有這種程度。

如果我去追求她，大概也只會得到李子健的下場，以後也沒法再與她友誼長存。

———⋯———⋯———⋯———

「不會吧，我們怎會有絕交的一天？」

「我不是說我們，我是說，那些原本友情關係，想發展成愛情關係的朋友啦。」

「但問題是，」簡珮兒看著我笑了一下，又搖搖頭，「但是，你不會對我有愛情的喜歡，我也不會想跟你發展超越友情的關係嘛！這樣子，我們又怎可能像其他人那樣，會絕交呢。」

　　聽到她這樣說，我有一半高興，一半無奈。我也搖頭笑了一下，回她：「你這是在暗示什麼啊！」

　　她向我吐了吐舌頭，然後又說：「暑假去南丫島宿營的事情，你辦得怎麼樣啊？」

　　「我與林銘謙已經在找房子了，也有幾個選擇，有些房子設備也不錯，但價錢也是一樣很不錯就是了。不過主要還是看大家的意思吧。」

　　「現在我們班總共有多少人去呢？」她興奮地問。

　　「應該有十五個吧，八男七女。」

　　「太好了，人多，宿營才好玩呢。」

　　「像個小學生似的。」我搖頭苦笑。「都快中學畢業了，去宿營就應該是兩男兩女、甚至是一男一女的情侶檔一起去，才浪漫呢。」

　　簡珮兒露出一臉鄙夷的神色，說：「你認為我爸媽會讓我這樣跟男生去宿營嗎？」

　　「不會。」我苦笑答。

　　「總之找房子的事情，就拜託你們了，我要去補習班。」她拿起書包，向我拜拜。

　　「我們一起走吧。」我也拿起書包。

　　「你今天不是有足球隊的社團活動嗎？」她好奇道。

　　「偶爾蹺一下，沒事的。」我笑。

　　—…—…—…—

後來，我們去了九龍城吃豆花，逛了一會海邊，坐在海心亭裡一邊聊天一邊等夜幕低垂，我才送她回家。

「都怪你，要我陪你吃豆花，結果沒有去補習班。」

「但是豆花真的好吃嘛。」我向她做個鬼臉。

「哼。」

我走在她的身邊，輕輕感受著從她身上傳來的氣息，看著她鬢邊微亂但烏黑的髮絲，然後不經意地說：「上次你問，如果喜歡了一個人，你會不會想告訴對方……後來你自己有想到一個答案嗎？」

她抬起臉，看著夜空，好一會好一會，才搖頭說：「不知道呢，我也不知道。」

我心裡有點無法呼吸，因為她這種表現，有別於之前直接的否認，彷彿帶點猶豫、欲言又止，似乎真是遇到一個喜歡的對象了吧？只是我又不敢如此肯定，只能繼續裝作不經意地問她：「你想告訴誰呢？」

她低下頭來，甜甜地笑了一下，說：「沒有啊。」

「沒有什麼啊？」

她看著我，眼神帶點狡黠，說：「不告訴你。」

然後，她打開大廈的鐵門，回家去了。

我卻一直咀嚼著她這個眼神、她這幾句話的含意，忘了說再見，也忘了要走……

也許只是我自己想得太多吧。

也許，她心裡想著的人，並不是我吧。

也許……她其實就只是想問一問而已。

也許，她那抹笑容，那個眼神，沒有太多特別的意思。

就只不過是我認識她以來，我所見過的，最漂亮、最動人的一抹笑臉……

就只不過是如此突然，再次擄獲了我的心而已。

「喂，已經走了嗎」
忽然，手機傳來了她的短訊。

「早就走了」
我按鍵發送，才開始移動腳步。

「哼，沒事了」
「怎樣啦」
「謝謝你今天陪我到海邊呢」

看到這個訊息，我的腳步又停了下來。

「不用客氣 =)」
「=)」

我收起手機，回頭遙看，她所住的大廈，她的房間。
昏黃的燈光，彷彿可以看得見她的身影。
彷彿，也在凝看著我。
我吸一口氣，微微搖了搖頭。
是我想得太多了，想得太多了。
其實我已經得到太多太多。

—…—…—…—

「你是想要一個女朋友，而不是想要一個好朋友吧。」

林銘謙裝作成熟地跟我分析。

「對我來說，她是一個很好很好、不可多得的朋友。」

我看著度假村的介紹 DM，懶懶地回答他。

「朋友不可以和你成家立室的。」他苦笑。

「小朋友，我們現在才十七歲而已，你怎麼想得那麼遠？」

「那就代表，其實你並不是很認真喜歡她吧。」

被他這麼一說，我心裡不由得有點困惑起來。

「換成是你，明知一個人不會喜歡自己，你也會去告訴對方嗎？」

「你又怎麼知道對方一定不會喜歡自己。」他依然裝作成熟的語氣。「說了，至少有一半機會成功。不說，對方始終不會發現，原來一直躲在背後的你。」

「我沒有躲。」

「有啊，你一直在躲啊。」林銘謙嘆口氣，取笑說：「喜歡簡珮兒的那一個你，一直在躲藏著她，也一直逃避去面對，她會怎樣回應你。」

「……你不要只是顧著說，快點幫我看看，哪間度假村比較便宜。」

林銘謙看了我一眼，搖了搖頭，最後拿起一張 DM，摺起紙飛機，一手飛了出去。

我看著那只紙飛機，心裡開始覺得有點厭倦，被林銘謙說中了的那一個自己。

———…———…———…———

「你有試過被別人看穿了自己的感覺嗎？」

「試過啊」

「是怎樣的感覺」

「要看看，是被看穿什麼吧」

「例如呢」

「例如，一些見不得光的感受……就好像我心底暗地裡很討厭某個人，可是因為某些原因，我又必須裝作要和他交好……到某一天，卻被另一個人發現，其實我只是一直在假裝友善，原來我是一個虛偽的人」

「嗯，這種情況是無法避免的吧，我們不可能喜歡所有人，但也不可能跟所有不喜歡的人明確表示自己的態度」

「但有些人會認為，不坦誠表達自己的感受與想法，就是虛偽呢」

「你也會這樣認為嗎？」

「看情況吧，有時並不是有心想去假裝，而是一種自我保護，有更多時候，其實連我們自己都不清楚心裡的想法，反而是別人旁觀者清、一眼就看穿，那樣也算不上是假裝或欺騙了」

「嗯，但突然被別人一眼看穿自己一直埋藏著的想法，心裡總會有點不自在的感覺」

「咦，你有什麼想法是不想被別人知道的呢」

看到簡珮兒這樣問，我心裡呆了一下，但還是馬上輸入訊息回道：

「沒什麼特別，就只是一些無聊的事情」

「是什麼事情呢是什麼事情呢 :p」

「你好八卦你好八卦你好八卦 :p」

「嗯我知道了，是被林銘謙看穿了你的什麼想法吧」

「為什麼是他呢？」我這樣問，但同時間心裡驚嚇。

「你們這麼久的老友，他會看穿你一些想法，也不是什麼奇怪事吧」

「是嗎⋯⋯」

「有時真羨慕你們呢，認識了這麼久，可以一直保持這麼友好」

「其實沒什麼好羨慕啦，他⋯⋯」

「嗯？」

「我和他，就只是碰巧在小學六年級時被編在同一班、然後又碰巧升讀同一間中學而已」

「但也不是任何人都可以像你們一樣，過了這麼多年，仍然會聚在一起，一起閒聊説笑，一起去玩去浪蕩呢」

「怎麼你説得好像有所遺憾一樣」

「因為除了你，我就沒有其他真正友好的朋友呢」

「其實你已經有很多好朋友啊」

「朋友也有很多種啊，交好，並不一定可以一直友好，可以一起談天的，又未必可以真正交心，卻又沉迷於去猜對方的心，相信自己的直覺，多於相信大家面對面坦誠相對」

「你似乎真的很有感觸啊」

「是你太天真了小朋友 :p 」

「怎樣説也好，你其實不應該這樣取笑你這個唯一可以交心的好朋友呢 -___- 」

「小朋友不是貶義詞啊，我喜歡小朋友 =) 」

「你這樣説，我也是不會高興的 \ _ / 」

「你的不高興，通常就只能維持三分鐘 XDD 」

「\ _ / 」

—⋯—⋯—⋯—

暑假，我們一行十五人，前往南丫島宿營。

從中學三年級開始，每年暑假，我們班上都會舉辦三天兩夜的宿營。最初是林銘謙提議舉辦的，因為他的父母每天都要出外工作，家裡沒有其他人，整個暑假待在家裡，除了打遊戲機就沒有其他活動（暑期作業通常是等到暑假最後一天才會去做），他總是跟我說，悶到就快要成佛了，倒不如辦一些大家都可以參與的活動。

想不到林銘謙在班會裡提出辦宿營，馬上就有一半同學舉手參加。大概是大家都想偶爾脫離一下父母的束縛吧。那一次宿營大家都很盡興，於是到了第二年暑假，我們又辦了一次；到今年就是第三次，也是中學畢業前的最後一次。

這一次宿營，從出發的時候開始，就已經感覺到氣氛與往年有一點不同。大家平時都是互相交好，但也許是最後一次的緣故，不少人都會有意無意間傾向和自己比較友好的人聚在一起，或兩個、或三個，一起坐一起去洗手間一起去買東西一起去沙灘一起去看星星……跟以前總是一大群人集合在一起吵吵鬧鬧地亂玩亂笑一通，有所不同。

就好像，第一天晚上，我們大伙原定計劃在度假村外燒烤，但林銘謙在最初就已經不見了蹤影，到差不多完結了，他才回來吵著還要烤雞翅。大家都說，他應該是和我們的班花張美儀偷偷去了沙灘看星星。

以前我們烤肉完了，通常都會在屋裡一起打打麻將、玩玩牌，然後就在凌晨舉行講鬼故事大會，順便嚇嚇某些平時酷愛裝強的女生（如簡珮兒）；但今年，不要說講鬼故事，就連打麻將大家也興致缺缺。反而大家也是兩三人聚在一起，各有自己的節目，或去海邊、或到天台、或留在房裡，把握時間，與自己最喜歡的朋友、甚至是暗戀的對象，期望可以再相處多一點點，再留下多一點回憶。

而我就在宿營最後一天的清晨，悄悄走進女生們的房間，鼓起勇氣，輕聲喚醒簡珮兒：「喂。」

想不到，我一喚她，她就立即睜眼醒過來了。她先是定睛看一看我，然後笑問：「怎麼了，最後一次，原來你是想偷襲女生房間嗎？」

我沒好氣地苦笑了一下，問她：「要不要一起看日出？」

簡珮兒呆了一下，看看手錶，然後又點了點頭，我們兩人就悄悄離開了度假村，往沙灘的方向走去。

其實嚴格來說，沙灘面向西南方，並不是一個適合看日出的地方；但只要走到沙灘的盡頭高處，除了可以看到一覽無際的大海，還可以見到太陽從遠處冒起來時的那種壯麗。

走了大約十五分鐘，我和簡珮兒找了一塊大石坐了下來。我呼了口氣，細細聽著海風聲、浪濤聲，還有她的笑聲，心裡忽然覺得，這應該是我一生中最難忘的時刻，我竟然可以如此幸運，與自己最喜歡的人在一起，靜待日出的來臨。我還應該錯過這樣的運氣嗎？

過了這一次，也許之後就不會有跟她一同看日出的機會；過了這一年，也許也不可能再跟她升讀同一間大學、甚至在同一個城市裡升學。

之後我們未必可以時常見面，我們會認識新的朋友、未必可以再如此友好，然後就像其他人一樣，就算可以繼續友好，但也只會每年碰一次面，一起晚飯一起談談彼此的近況，然後就沒有然後了。甚至是，我們總有天會被更忙碌的生活沖淡我們的感情與回憶，就只會還記得，我們曾經認識過一個很重要的誰，但最後我們還是錯過了彼此，不會再找回對方，不會再見⋯⋯

「謝謝你帶我來這個地方，可以看到如此廣闊的大海。」簡珮兒笑著說。

「啊，其實我也是碰巧找到這個地方。」我停止了自己的胡思亂想。

「你是怎樣發現這個地方的？」

「第一天，我們男生在沙灘上玩排球，林銘謙與我感到有點無聊，四

處亂逛時發現的。」

簡珮兒微微側著頭，然後笑了一下，不懷好意地說：「你們感到無聊，大概是因為在沙灘看不到泳裝美女吧？」

「小朋友，來沙灘看泳裝美女可是要緊事呢。」我笑了一下，又說：「不過那天林銘謙心神似是有點不定，打排球時也經常犯錯，後來賭氣不打了，才會變成和他一起亂走。」

「原來如此。」她頓了一下，又說：「真是意外的幸運呢。」

「嗯。」

「不知不覺，明年就要畢業了啊。」

「是啊，日子過得真快。」

「你有什麼夢想嗎？」

「說夢想，會不會太奢侈了呢。」我笑。

「人應該要有夢啊。」她卻一本正經地說。

「如果是完成不了的夢呢？」

「不是只有不可能完成的事情，才有資格被冠上夢想的稱號啊。」

她說得認真，雙頰微微泛紅。其實我有多想跟她說，我的夢想，就是希望可以和她在一起。

「那你呢，你又有什麼夢想希望完成嗎？」

「我嗎？」她抬起頭笑了笑，過了一會後說：「我希望成為一個歌手。」

「你很有天分啊，我相信你一定可以實現這個夢想的。」我衷心地說。

「謝謝你。」她有點害羞地對我點點頭，然後又說：「不過我知道這一條路並不容易走，但我希望看看自己的極限可以去到什麼地方。」

「嗯，如果不艱辛，這個夢想也太沒有意思。」

「是啊。真好，謝謝你明白我。」

「彼此彼此吧。」

「真的，有時我覺得自己真的很幸運，竟然可以在這所平凡的中學裡，認識到你，而且還能夠成為彼此最知心的同伴。」

說完這一句話，她的頭輕輕枕在我的肩膀上。

我心跳停住了。

透過海風傳送，彷彿可以聞得到，從她身上傳來的微微幽香。

「明信，謝謝你，在這些日子都一直伴著我，也沒有嫌棄過我的缺點與壞脾氣。」

「你哪裡有壞脾氣？」我輕輕調整了呼吸，以免自己的聲音出現抖震。

「是你一直溫柔地包容著我而已，我知道的。」

聽見她如此說，聽見她如此嬌柔輕軟的笑聲，我覺得，真的，這些日子以來所做過的一切，並不是完全沒有意義，真的，已經都不枉了⋯⋯

「希望我們能夠繼續守在對方身邊，一直走下去⋯⋯你說，這樣可以嗎？」

她抬起了臉，眼神熱切地看著我。不知為何，我心裡忽然覺得有點說不出所以然的悲哀，但我還是微微笑了一下，對她肯定地點點頭，說：「可以啊。」

「你真好。」

然後，她再次輕枕在我的肩膀上，沒有再言語。我輕輕攬著她的肩，一起靜靜遙看，從遠處開始升起的朝陽。

如果能夠讓這一秒從此停頓，如果太陽始終都不會升起來，多好。

如果，你也會喜歡這一個喜歡你的我，多好。

———⋯—⋯—⋯———

宿營完結之後，我與簡珮兒的日常交往，不知為何，有點莫名其妙地

開始減少。

在去宿營之前，我們平常會用短訊聊天，從早上起床開始，雖然不是很頻繁，也沒有什麼緊要的話要談，大都是聊聊今天有什麼要做、分享有趣的新聞或影片，不過每天，通常會傳百來個訊息，也很少會已讀不回。

但是，去完宿營之後……

「對不起，今早沒有回覆你的訊息，因為這陣子都有點忙，不小心就錯過了你的短訊，真的很抱歉很抱歉 >__< 對了，告訴你一件事情，前天我找了一份暑期工，是在快餐店上班的，最初爸爸不答應我去打工，但是後來經我和媽媽的央求之下，他還是答應了 ^O^ 話雖如此，但快餐店的工作原來也是不容易呢，我從早上十點忙到晚上七點，回到家裡都已經沒有心情吃晚飯，多想直接躺在床上倒頭就睡……你這兩天過得好嗎，希望可以早一點和你見面，分享一下這陣子的感受呢 :)」

這個訊息，她是在深夜十一點多傳送給我。在收到後，我馬上傳訊息回應她，但是她已經離線了，之後到了第二天也沒有再回應我。

理智地想，可能她是真的累了，可能她是真的很忙吧，可能在快餐店裡她有很多事情需要學習，可能她要跟同事們打好關係，可能她回家之後也真的已經很累、不想再傳短訊，可能……

她不是忘了我，只是真的在忙而已。

之後整個八月，我們都沒有怎麼談過話。我努力克制，不要傳太多沒意思的無聊短訊給她，免得打擾她的休息時間，最多偶爾問問她近來過得怎樣、有沒有好好休息，她通常都會在半天之後回我，有啊、很好啊、謝謝你、我知道的了；除了這些，就沒有其他。以前她都會定期更新她的網誌，上傳她最新的翻唱歌曲或改編歌詞，但這一個月她已經甚少更新，就

只有交代最近忙著在打工、認識了很多有意思的朋友，也彷彿在揭示，她的現實生活有多忙碌與精采。

我知道，這樣子去想是有點小器。

只是，和她的距離不知不覺間逐漸疏遠，卻是一個無法躲避的事實。

她在哪裡打工，她認識了什麼朋友，其實我是應該可以去問。

但她在一開始，就沒有主動告訴我。不知道是有心或無意，我們一直都沒有提及，她是在哪個區域上班；她每星期都有不同的上班時間，而我只能憑隻字片語去猜想，她這星期是上早班還是夜班。有一次，我問了一句可否去探班，她就只是推說快餐店很忙、怕到時沒有時間招呼我……看到她如此回答，於是我也只好不再去問。

但之後，我失眠了一整晚。

很想找一個人傾訴這點感受，只是卻不知道可以對誰去說。林銘謙不是一個好的傾訴對象，他一定會說是我想得太多，或是反問我為什麼不直接去表白；而且他近來也像是很忙。其他同學朋友，他們都不知道我對簡珮兒的感情，也不可能深入細談。直到有一天，我在網上亂逛，見到有一位網路作家分享對感情的一些看法；不知為何，心裡突然有點被說中了的感覺。於是我鼓起了勇氣，用一個新開的帳戶，留言問那位網路作家：

「如果我喜歡了一位好朋友，我應該去告白嗎？」

發送留言後，忽然覺得自己的問題有點蠢，只是已經發送了又不能取消，心裡原本打算就此算了；但意想不到，那位網路作家很快就回覆我，他問：「沒有一定的應該或不應該，不同的故事，就會有不同的情況。可以告訴我你的故事嗎？」

於是那天晚上，我就跟網路作家分享，這幾年來我喜歡了一位好朋友

的各種心情。

　　網路作家問我：「如果讓你回去那個沙灘，回到那次日出之前，你會鼓起勇氣，向她表白嗎？」

　　我茫然了一會，回道：「應該還是不會吧。」

　　「為什麼呢？」

　　「因為我覺得，那時候她並不喜歡我。」

　　「但那時候，不是你們心靈最契合的時候嗎？」

　　「但是她從來都不知道我對她的感情呢。而且這也不等於，她就會接受我。」

　　「唔，或許是這樣吧。但如果當時你跟她表白了，那至少你現在也不會一個人獨自煩惱這麼多。」

　　「可能，就連朋友也做不成呢。」我苦笑。

　　「如果換成是我，我想我還是會把握機會去表白的，即使錯過了那一次日出，我還是會鼓勵你去勇敢表白。」

　　「為什麼呢？」

　　「因為有些表白，並不是為了要得到一個人，而是為了讓自己可以再重新開始。」

　　「……我不太明白你的意思，如果她根本不喜歡我，我又怎麼能夠和她重新開始呢？又甚至是，如果她最後都不會回應我、會避開我，那麼我即使鼓起勇氣去表白，也不過是自討苦吃嗎？」

　　「也許真的會自討苦吃，但也要看，你們兩人的友情，本身有多堅定有多認真。」

　　「……那如果失敗了，我們還可以做回好朋友嗎？」

　　「那也要看，你自己想不想跟對方做回好朋友呢。而且換個角度想，其實表白與被表白的一方，都需要勇氣去面對。」

看見這個回覆，我心裡有點平靜的感覺。

其實真的，也許一直以來，我都太過在意她的想法之餘，我也實在太在意，自己會不會受到傷害。我其實沒有細想過，她會不會也有不同的感受，我卻理所當然地去想，如果她不喜歡我，就只會直截了當地拒絕我，就好像她拒絕其他人一樣；但是她會不會也一樣拒絕我，但是她會不會對我也有著一點點不一樣的情感呢，我卻始終不敢去假設、去想得太多。

與其說我是不敢去想一些不確定的可能，不如說我只是不想希望太多、然後換來更多失望。

我其實真的欠缺踏前一步的勇氣。

還應該再這樣暗戀下去嗎？

還是應該，將這份心意從此留在心底，直到有天，連我自己都不再記起為止……

———…———…———…———

後來，我決定了，在九月一日開學那天，向簡珮兒表白。

即使她不喜歡我，即使她最後會拒絕我，即使我們以後不會再友好……

但是我不想再這樣躲藏下去，我希望可以勇敢地面對她一次，將自己最喜歡她的那點心情，都告訴她讓她知道。為的，並不是希望她也會喜歡我，而是……

我只想讓她知道，一直以來，原來有這麼一個人，對她有過太多在乎與認真。

———…———…———…———

但是，已經太遲，已經再沒有機會讓她知道。

———…———…———…———

九月一日，迎接我的，並不是最後一個學年，也不是新的教室、新的班級。

而是，林銘謙與簡珮兒已經在一起的事實。

後來，聽其他知情的同學說，他們是在宿營的第二個晚上在一起的。

那個晚上，我正在做什麼呢……

無論我怎麼細想，我都沒有太明確的印象，最記得的，就是與大家一起去了沙灘看星星，那時候林銘謙與簡珮兒也在嗎？我都不太肯定，因為沙灘沒有太多燈光，如果他們兩人走開了，其他人也是不會察覺得到吧。

如果有心，自然就不會有任何人知道。

宿營之後，林銘謙原來去了快餐店打工。是他邀簡珮兒一起去打工。

怪不得，林銘謙在那之後，一直都在忙。偶爾找他，他都沒有接聽我的電話。

原來是這樣。

———…———…———…———

如果那時候，如果那一天，我有跟簡珮兒表白，我又能夠挽回一點什麼嗎？

但即使那天我有表白，在早一個晚上，他們兩人已經在一起了。

難道我又還有勝算，去贏過林銘謙，去得到她的回心轉意嗎？

當我看見，他們如今這麼親密，兩人在一起時，笑得如此開心……
我又怎麼能夠確信，我也可以讓她這般快樂，她也會有一點喜歡我。
聽過一句話，有些事情，也許在開始的時候，就已經註定了結局。
可能，我跟簡珮兒其實就只能夠做到好朋友，又或者只是曾經的好朋
友。

—…—…—…—

後來，我跟她再沒有聊天、傳短訊，因為她都總是跟林銘謙在一起。
林銘謙每次在路上碰見我，都會主動避開，不會和我說話，甚至表現
得不想跟我有任何交集。
之後，班上的氣氛變得有點怪，大家彷彿都在顧念我的感受，不會在
我面前提起他們兩人，反過來，當有些活動會有他們出現，大家也不會讓
我知道。
最後我明白，原來我是多餘出來的一個。
也許真的，有些事情，在開始的時候其實早就已經註定了結局。

—…—…—…—

「最後答應參加宿營的人，還是十五個嗎？」
「是啊，八男七女，沒有改變。」我看著參加者的名單說。
「唔……那不是有一個男生多了出來嗎？」簡珮兒側著頭說。
「為什麼有一個男生多了出來？」
「七男七女，就是七對情侶了嘛！」
「為什麼七男七女就是七對情侶？」我傻眼。
「是你說，宿營就應該是一男一女的情侶檔一起去，才浪漫啊。那麼

現在有七男七女，總共有七對情侶，不是很浪漫嗎？」她一邊說，一邊笑得花枝亂顫。

我苦笑：「簡小姐，你需要驗一下腦袋嗎？怎麼忽然為同學們配對了起來？」

她卻止住笑，一本正經地說：「你快點去多找一個女生參加吧，否則那個多出來的男生就實在太慘了。」

「為什麼多出來的一定是男生呢？難道不可以有兩個男生突然發展出同性愛，多出來的反而是女生？」

「咦，想不到原來你有這種傾向！」說完她又大笑了起來。

「認真！我是喜歡女生的啊！」

我心裡大急，怕她真的會這樣誤會起來。

但她忽然又止住了笑聲，向我眨眨眼，然後泛起了最初偷望她時、她都會向我展露的那個微笑，對我說：

「我知道啊。」

我呆住，無法再言語。

「所以，」她又頓了一下，然後做個鬼臉，說：「看看還有沒有人想參加吧，多了一個出來，就會有人不開心呢。」

———…——…——…——

最後多出來的人，是我。

既然如此，我只好離開。

Chapter *02* 呂頌怡

2009.

你是我最不想錯過的人，
可惜的是，我們在乎對方的時間，
永遠都不會一樣，以後也不會再相同。

如果可以，我也想讓你知道，
你對我有多重要，
你曾經如何點亮了我的人生；
如果可以，我也想再一次走到你的面前，
勇敢地、大聲地告訴你，
我如今還是那麼喜歡你。
真的，我曾經多麼想不顧一切，
跟著你走到世界的盡頭流浪，
陪著你，整天在大海前盡情發呆，
想念那一個不會再回來的誰，
然後等你終於回頭望向我的時候，
給你一個最安心自在的微笑……

只是，我再努力去追，
還是追不上你離開的節奏；
我再繼續守候，你還是不會察覺，
在那不會回眸的背後，有一個人是如何卑微……

如果我們能夠早一點坦白自己的情感，
如果我們能夠早一點發現對方的重要，
如果我們能夠在最後緊緊地抓緊對方，
如果我們能夠在最後好好地說聲再見……

那我們最後是否還會只能夠得到這結果，
寧願錯過彼此，不會再見，
也不要再見。

　　我始終相信，如果兩個人真的有緣，真的有心，就算他們因為一些事情而被迫分開，但總有一天，他們還是會再次在一起的。

　　我始終相信，我和他，就是這樣的兩個人。

　　我始終相信……

　　——…——…——…——

　　「在想什麼呢？」

　　耳邊忽然傳來了奕軒的聲音。我抬起眼，只見他拿著一杯飲料，一臉關懷地看著我。

　　「沒什麼，」我坐直了身子，笑著跟他說：「我只是在想著論文應該怎樣寫。」

　　「偶爾也要好好休息一下嘛。」

　　然後，奕軒將飲料放到我的電腦旁邊，對我笑了一下，就靜靜回去自己的座位。

　　近來每天，我和奕軒都會到圖書館，為畢業論文搜集資料，做準備工夫。

　　他的論文題目與我不同，所以基本上我們都是各自用功。他說他不想打擾我，所以他不會坐在我的旁邊，寧願找一個遠一點的位子去坐。他知道我寫論文時希望能夠專心一志。但偶爾，他又會走過來，問我要不要喝咖啡，或是要不要上洗手間、順道去附近的小吃店放鬆一下。他總會在我剛好感到累了或悶了的時候才來找我。

　　到了大約晚上七點，我們會開始收拾東西，各自回家吃飯。他通常會陪我走到地鐵站搭地鐵，然後再獨自回到圖書館的樓下搭巴士回家。回到家裡，偶爾他會打電話給我，約我明天幾點鐘再去圖書館。

如果明天大學有課要上，通常我們會約在圖書館樓下的餐廳碰面、一起午飯；如果沒有，他會來我家樓下等我，然後我們一起直接去圖書館。

　　我試過跟奕軒說，不用特意來我家樓下等我，但他說他喜歡我家附近快餐店的沙嗲牛肉通心粉，吃了之後就可以努力用功一整天，最後我拗不過他，然後這情況就延續了差不多一個月。

　　——…——…——…——

　　「如果你不想他來接你，其實你也可以拒絕呀。你一直讓他這樣來接你，日子久了，可能他會以為這是一種肯定呢。」

　　電話裡，林銘謙跟我這樣分析。

　　「但他其實就只是來陪我去圖書館，又沒有做什麼逾越的行為……而且，他真的是我的好朋友，我不想失去這一個好朋友。」

　　說到最後，我感到自己像是在辯解什麼。

　　「但他真的想跟你做好朋友嗎？」林銘謙苦笑問。

　　「他從來都沒有表示過半點喜歡，或是有任何曖昧的舉動……」

　　「他這樣子對你，反而讓你不知道應該如何拒絕，是嗎？」

　　我不知道，但我也不能相信，他是故意如此。

　　「不要說我了，你呢，今天心情有好一點嗎？」我問他。

　　「差不多。」他苦笑了一下，又說：「其實我覺得自己已經麻木了，好或不好，還是一樣要生活。」

　　他雖然這樣說，我卻聽得出，他刻意平淡背後所埋藏的無奈與痛。

　　「還是忘不了嗎？」

　　他沒有回答。

　　「慢慢來吧，總有一天，你會忘了她的。」

我嘗試安慰他。

「總有一天……但其實我只想今晚可以好好安睡，不要睡著了，還是會不能自控地夢見她。」

她，就是上一個月和他分手的女朋友。

「我知道你會很不開心，但……」說到這裡，我忽然不知道應該怎樣勸下去，心裡有點暗恨，自己為什麼不懂得如何去安慰別人，去安慰這一個重要的人……

「沒事的，你不要放心上。」林銘謙卻像是感應到我的想法，他笑著說：「我知道自己並不是一個人，至少，現在有你陪我講電話，傾聽我的煩惱，就已經很足夠了。」

「真的嗎？」

「真的。」

但我知道，每次他這樣煞有介事地笑著確定什麼，他其實就只是不想就這個話題談下去而已。

「嗯，但如果你想有人陪你散心，我隨時都可以。」我盡量將這一句話說得自然。

「謝謝你。」

他微笑道謝，然後我們在電話裡，繼續有一搭沒一搭地聊到天亮。

—…—…—…—

林銘謙是我的初戀男友。

中學三年級時，他是我隔壁班一個十分有名的人物。

傳說他在夜深時分，一個人潛進學校早已封閉的陳年地下室裡，只為了替女同學找回不小心掉進去的一枚戒指……先不要考究為什麼戒指可以

掉進封閉了的地下室裡，林銘謙又有什麼方法可以潛進那個地下室，最主要是，我剛巧也認識那位女同學，而她也跟我確認，是真有其事。

找回戒指後的第二天，林銘謙發了兩天高燒。大家開始傳言，說他被地下室裡的陰魂纏身，然後大家又開始傳言，學校的地下室以前是一個亂葬崗、是一座古墓、曾經有情殺案發生，讓全校師生一時議論紛紛、人心惶惶。

到了第三天，校長在朝會時澄清，學校原址之前就只是一塊空地，並沒有發生過任何命案。但依然有不少同學穿鑿附會，即使是空地，也可以是亂葬崗吧？結果反而讓學校地下室與林銘謙這個人，變得全校皆知。直到第四天，林銘謙終於上學了，一臉精神的樣子，大家都問他在地下室時的經歷，怎知他先是笑了一會，然後跟大家說：「其實學校根本沒有地下室，那晚我走樓梯下去，打開所謂地下室的門，裡面原來就只是一個小小的儲物櫃而已，不信的話，我可以再打開來讓大家看看。」

之後，林銘謙當然被校長與訓導主任召去了問話。他解釋，他的父親專門幫人開門鎖，從小就已經學會父親的本事；基於同窗之誼，他才會自告奮勇幫女同學去找回那一只母親遺留給她的戒指。

不少人知道真相後，都稱讚林銘謙勇敢、熱心助人，令他在校內的鋒頭無人能敵。也是從那時候開始，我就在不知不覺間，偷偷地喜歡上了林銘謙這個人。

——⋯——⋯——⋯——

「你以前有沒有試過，當你跟喜歡的人在一起之後，才發現原來他真人跟你的想像中有落差嗎？」

第二天，和奕軒午飯閒談時，我這樣問他。

「唔……有一點落差，這是在所難免的吧。」他搔一搔頭，傻笑著說下去：「我們喜歡一個人的時候，始終總會有一點美化了對方；到之後在一起了，可以有多點深入接觸的機會，自然就會發現對方比較真實的一面。」

「你沒有回答我問題呢，你試過了嗎？」

「我都沒跟別人談過戀愛，又怎樣試過呢。」他無奈地苦笑一下，我忽然驚覺，自己提起了一個不應該問的問題。

「對不起。」我說。

「為什麼要說對不起呢。」他卻做個鬼臉，彷彿毫不介意，然後問：「你呢，以前你試過嗎？」

我點點頭。

「對方是個怎樣的人呢？」

「他……」原本我正想說下去，但看見奕軒帶點認真的眼神，我又有點猶豫起來。

但他像是感受到我的想法，他微微笑說：「如果你不想談，也不用勉強。」

「不是不想談。」我看著他，笑著說下去：「以前曾經喜歡過一個人，最初不熟悉他的時候，以為他很喜歡幫助別人，待人認真、熱心、重視朋友，不過後來認識深了，才發現，他只是一個寂寞的人。」

「也就是，喜歡幫人的同時，是希望自己有被需要的感覺嗎？」

「你說對了。」

「唔……但這樣子也沒有什麼不好，不論他是什麼目的，起碼也是付出了什麼，去幫助了別人啊。」

「是的，只是他那種容易感到寂寞的性格，卻不是每個人都能夠承受得來。」我呼一口氣。

「他總是纏著你嗎？」

「不。」

「那……是怎樣？」奕軒一臉不明白，他果然真的沒有太多戀愛經驗。

「他總是很容易覺得寂寞，需要有人陪伴，而他的性格也是很容易跟任何人友好，不論是男生或女生，都很容易就走得很近。那時候我有點受不了，最後就跟他提出分手。」

「只是……因為這個原因？」他有點呆住。

我臉紅了一下，苦笑說：「現在回想，也是真的有點幼稚。其實他只是和別的異性玩得比較親近而已，但那時就是會忍不住吃醋。」

「吃醋，其實也是很平常的事。」他雖然這樣說，但我明白，他只是不想太責難我而已。他又說：「那你提出分手，他有追回你嗎？」

我搖搖頭。

「那之後……你有後悔嗎？」

我再次搖搖頭，微笑一下。奕軒也沒有再問下去。

但我只是不想再細談下去，不想繼續回想起，更多從前而已。

———…———…———…———

和林銘謙分開後，有一段時間，我們都沒有再找過對方。平時在學校內碰到面，大家也會主動避開，不想和對方說話。

沒有太多人知道，我跟他曾經在一起過。而且我們就只是交往了一個月而已……說長不長，說短不短，但對一個中學四年級的女生來說，這短短的一個月，卻是無比重要的回憶。

分開後的第二天，其實我就已經後悔了。

因為，他沒有再來找我。我提出分手，他也真的很乾脆答應，不會再

像平常般，有空就打電話給我，也不會再在每天晚上臨睡前，傳短訊給我跟我說晚安。

我之前以為，他是一個寂寞的人，他的生活少不了我；但那時候的我也實在太幼稚，以為自己在他的心裡有著多重的份量，以為他平時這麼在乎我，對我應該也有著很深的喜歡……

但這一切都只是我的以為。

分開後，他彷彿沒有受到什麼影響，繼續和他的同學朋友們玩鬧說笑，繼續和其他女同學們靠得很親近。我知道自己做錯了，但我又能夠怎麼辦。

而且這也讓我發現，即使我們本來沒有分開、繼續在一起下去，總有天，我還是會發現他其實並不是很喜歡我；和我在一起，就只是剛巧而已，就只是不想一個人太寂寞吧。到時候，我們還是會分手收場。如今早點發現，也許未嘗不是一種幸運……

但偏偏我也發現，自己原來對林銘謙有著很深的喜歡。

喜歡得，即使他不會再來找我，我還是會鼓起勇氣，裝作沒事人一樣，和他做回可以談話的朋友。喜歡得，即使後來他跟簡珮兒在一起，我也依然可以表現得毫不介意，去聽他偶爾跟我分享他的快樂，還有兩人在一起時的各種趣事……

然後我才知道，他認真喜歡一個人時的表現，原來跟喜歡我的時候，有著什麼不同。

原來，他認真喜歡一個人的時候，不會整天都想著要黏著對方，但他會花時間及心思去做很多準備，等可以見到對方的時候，給對方意想不到的驚喜。

原來，他認真喜歡一個人的時候，不會要求對方時常陪自己講電話、或定時地向他報備行蹤，即使偶爾會有擔心會有不安，他都會給予無比的

信任與耐心，不想讓對方有任何被管束的感覺。

原來，他認真喜歡一個人的時候，他會跟異性朋友保持距離，不會讓自己的另一半有任何不安或疑心，也不想再讓別人有更多不必要的猜想或誤會。

原來，他認真喜歡一個人的時候，會認真思考及計劃彼此的未來，會希望能夠一起經歷更多的事情，一起學習一起同步成長，而不是只追求眼前的快樂，不是只會想著對方是否只喜歡自己一個，而是會想如何令自己變得更好，讓對方可以更加喜歡自己……

原來，我從來都沒有得到過他認真的喜歡。

原來……

我在一個不對的時候，太早認識了這一個後來會懂得去愛的人。

但幸好，我還可以做他的朋友，繼續陪在他的身旁，可以做很多事情，讓他開心一點，讓他可以再次重新喜歡我。

幸好，我還可以用朋友這個身分來掩飾偽裝，自己對他仍然有太深的喜歡。

———…———…———…———

那天，林銘謙忽然答應我的提議，一起去郊遊散心。

之前一晚，我親自烘焙了一個小小的、他最喜歡的巧克力蛋糕，做好飯盒。然後第二天，我們約在銅鑼灣，一起搭巴士到赤柱遊玩。

只是在車程裡，他一直都看著窗外，沒有說話，即使我跟他說笑話，他也只是微微掀起嘴角。

我心裡一動，問他：「以前你們來過赤柱嗎？」

他微微點一下頭，說：「她最喜歡到聖士提反灣，我們常常在那兒看

日落。」

　　我心裡輕輕嘆息了一下，不說話。他將目光放回車窗外，讓心神繼續沉溺在回憶裡。

　　巴士到了總站，他就向著聖士提反灣的方向走去。我默默跟在他的後面，他也沒有回頭望我。

　　我知道，如今他的這種情況，只有我說起簡珮兒，他才會想起要理會我。

　　「簡珮兒有沒有跟你說過，為什麼喜歡來聖士提反灣呢？」

　　聽到我這樣問，他忽然停住了腳步，回看著我；過了一會他才茫然笑說：「對了，為什麼我沒有想過要問她這個問題呢？」

　　看見林銘謙這個表情，像是想哭、又像是想笑，我心裡責怪自己，為什麼要去提起更多不應該再回想的事呢？

　　到了聖士提反灣，我們在一張椅子上坐下。我興沖沖從背包拿出飯盒、飲料和蛋糕，向他逐樣介紹怎樣烹調這些食物、費了多少心思。林銘謙的神情像是比較開懷一點，向我微笑說了一聲謝謝，然後我們就對著大海用餐，用完餐了，我收拾好餐具，他還是沒有說半點的話，就如往常一樣。

　　其實我早已經習慣他的這種態度，每一次我們去散心，大多數時間他都是沉溺在回憶的世界裡。而我只需要在他的旁邊，默默地陪伴，默默地等他想起，原來還有一個人在他的身邊，原來還有人仍然願意繼續支持他、等待他重新快樂起來。

　　只是偶爾，心裡一直壓抑埋藏的感受，也會戰勝了我的理智……

　　「其實，你喜歡簡珮兒的什麼呢？」

　　我輕輕問他。

　　他抬起頭，認真細想了很久很久，最後微微苦笑一下，回答：「不知

道。」

「會不知道的嗎？」我不明白。

「最初喜歡她成熟、有自己看法、不像一些女生般任性無理，但後來真正喜歡她了，就漸漸分不清楚，我最喜歡她的什麼。換個玄一點的說法，就是她的所有我全部都喜歡，即使她跟我最初喜歡的她已經有所不同，但我還是會繼續喜歡。」

聽著他如此認真地剖白，我竟然說不出話來。

或者不是真的說不出，我只是怕當自己忍不住開口，我會問：

那我呢？

那時候，你又為什麼會喜歡我？

「看得出，你對她真的很認真呢。」

但我只是苦笑一下，輕輕地說。

「認真嗎，我也不知道，這樣算不算是認真。即使我認真了，但最後，她還是要提出分手。」林銘謙將雙手托住後腦，望向天空，嘆息著說：「不是付出多少，就可以得到多少回報。其實很多人都知道這個事實，只是走到最後，我們才願意承認或接受，在此之前，我們總是想盡辦法先欺騙自己，也許，我會是例外的一個，也許，我們可以幸運地走到最後。」

「不要太快灰心絕望嘛……畢竟還沒真的走到最後，又有誰可以肯定告訴你真正的結果。」

「但我知道的，這一次，她是不會再回頭的了。」

說完這一句話，他閉上雙眼，像是不想再繼續談下去。

我看著那一道在遠處開始落下的夕陽，心一直痛，一直想，如果我能夠代替那個她的位置，如果他喜歡的人是我，那麼如今他就不會這麼失意難受了。

他也不會，在分手六個月後，仍然對這一個其實早已經離開的人念念

不忘。

　　但，我又是他的誰呢？

　　又有什麼資格，可以代替她，要他從此忘掉她……

　　「嗯，太陽已經下山了。」他忽然呼了口氣，對我笑嘆：「我們走吧。」

　　「嗯。」

　　「你有什麼地方想去嗎？」

　　「去哪裡都可以。」我微笑一下。

　　「把你賣掉也可以嗎？」他笑道。

　　「我知道你不會的。」我向他做個鬼臉。

　　他哼了一聲，然後拉起我的手，去巴士站搭巴士。

　　「你有想過，畢業之後要做些什麼嗎？」

　　在車程裡，林銘謙忽然這樣問我。

　　「沒有認真細想過，但希望能夠進大公司，先好好實習一下、累積經驗。」我說。

　　「這樣子不是有點沒趣嗎？」他斜眼看著我。

　　「是沒趣，但一般來說，都是會這樣想吧。」

　　「人生就只有一次，不是也應該任性一次，去做自己想做的事情嗎？」

　　「例如呢？」

　　「畢業後，我想去環遊世界，體驗不同地方的人情與風光。」

　　「你有足夠的錢環遊世界嗎？」我好奇一問。

　　「這幾年我一直都有兼職打工，也存了不少錢的。」說完，他將目光移到車窗之外。

　　我心裡一動，又問他：「那麼環遊世界之後，你又會想做什麼？」

　　「唔……可能會在街上擺一個攤子，幫人畫肖像畫，偶爾賣賣唱，賺一點生活費，就像一個旅人一樣。」

「……還是不會正式找一份工作嗎？」

「世上已經有這麼多人在工作，也不欠我一個吧。」他淡然地笑。

只是我知道，林銘謙原本的計劃，並不是這樣的。

原本，他是希望在畢業後，能夠進到自己心儀的公司，獲得一份高薪厚職。因此在學業方面，他比別人都更努力用功，只是大家不會看到他背後的付出而已。得到高薪厚職，就能夠支持他去建立一個小家庭，兼職存下的錢，其實是打算用來付房子的頭期款……其實他所做的一切，都是為了他與簡珮兒的未來而打算，這些事情，他其實是早已經想得十分清楚……

想到這裡，我再也忍不住，摟住他的肩膀，但是不讓自己哭出來，說：「傻瓜。」

只是，林銘謙卻輕輕推開我，跟我說：「對不起。」

然後他站起來，按動下車的響鈴，匆匆地下了車。

我回頭，看見他一個人在路上，蹲了下來。

想起他在別過臉之前，眼角泛起的淚光。

我忽然覺得，在我與他之間，不只有著簡珮兒，還矗立著一道我無法僭越的牆。

忍耐已久的淚水，最後還是輕輕地滑了下來。

————…———…———…———

「無論如何，我總是會繼續陪在你身邊，一直支持你」

我在手機輸入了這一個短訊。

但這一次，我沒有再發送出去。

因為，即使再關心體貼，再說上萬語千言……

也是始終比不上，已經離開的某一個身影。

但諷刺的是……

如果他們繼續在一起，我和林銘謙也只會越來越疏遠，最重視女朋友的他，這幾年來也開始減少和我聯絡。

而如今，因為他們分開了，我才得到一個機會，以關心的名義，去和他重新靠近。

然後讓我自己，變得無處可逃。

———…———…———

「嗯……最近你……」

我抬起頭，看見奕軒像是欲言又止，但最後他只是笑了笑，輕聲對我說：「我餓了，要一起去吃午飯嗎？」

我有點茫然，看看手錶，原來已經是下午兩點多；我心裡有點抱歉，連忙收拾桌上的筆記，對他說：「好啊，去吃午餐吧。」

平常，我們都是大約一點鐘就去吃午飯，不是我提出，就是奕軒首先提出；但直到現在他才走過來問我，大概他是感應得到，我的心不在焉吧……

「今天你想吃什麼？」我打起精神，笑著問奕軒。

他看看我，像是有點困惑；過了一會，他這樣說：「其實你沒有必要勉強自己這樣。」

「我……怎樣了？」

他又看我一眼，接著看向別處，說：「強顏歡笑。」

「你又知道我強顏歡笑？」我裝作淡然。

「我一直都在你的身邊，又怎會不知道。」

認識他以來，我第一次聽見，他對我說這一句話。

大家都說，陳奕軒喜歡我，但一直以來，我都當他是我的好同學、好朋友，他也從來沒有流露半點戀慕的情感、沒有做過任何行動來追求我；就只有這一個月，他都會來到我家樓下等我，一起去圖書館。

有時連我自己也分不清楚，一個待我這麼體貼入微的人，內裡其實蘊藏著什麼心情。說喜歡，但我們從來沒有任何曖昧；說友好，但他的關懷卻比任何朋友都要溫柔，都要窩心。

有一次，我突然感冒了，但我沒有告訴奕軒，依然堅持繼續去寫論文。他最初像是沒有發現，如常地離開圖書館買咖啡。怎知他回來的時候，就只是靜靜放了一瓶水，還有一盒感冒藥在我桌前，感冒藥還是不會嗜睡那一種。

然後到了晚上，要回家了，原本我是打算像平時一樣搭地鐵回家，怎料才剛走出圖書館，就已經有一輛計程車停在門前，原來是奕軒事先電話預約過來的。上了車，他不是要送我回家，而是直接到附近的診所；在此之前，他早已經上網搜尋過哪間診所還在營業。

他了解我的性格，我是不會因為一點感冒而暫時休息。只是我從來沒有發現，他對我的了解竟然可以有這麼深。

相對來說，我對他又有多少了解呢⋯⋯

奕軒是家中獨子，住在九龍城，平時喜歡爬山，最愛的食物是日式生魚片，喜歡電影和閱讀，喜歡⋯⋯

然後有天我發現，自己好像只能數出他喜歡的事物，而且其實還只是一些很表面的喜好。他不喜歡什麼、他與誰最友好、他有沒有一些比較特別的過去往事、他會對什麼事情感到生氣⋯⋯認識他的這兩年來，我竟然沒有認真想過要去了解。

就好像，如果感冒的人是他，那他會寧願繼續寫論文、還是會寧願回

家休息？我竟然不敢肯定。

　　也許，他就只會不讓我發現他感冒，不想讓我擔心；而我到最後也真的沒有半點察覺，直到幾天之後，我聽到他的咳嗽聲，才可能會去問他是不是感冒了⋯⋯

　　大概奕軒也明白，有些事情，原來我是沒有認真過想要去了解，所以他平常也沒有表現得很想跟我分享他的生活，通常都是碰巧說起什麼的時候，他才會提及相關方面的事情，但始終不會太深入，而我也沒有細心想過，我對他的了解是否這樣就已經足夠。

　　在我和他之間，彷彿也是隔著一道牆，是我和他一起築成的牆──我不會主動去問，他也不會主動去說，但他不是像林銘謙般在保護自己，他只是太清楚我還沒有預備去接收，不想打擾我的生活，不想讓我有更多不必要的困惑而已。

　　因此，他如今忽然對我說，「我一直都在你的身邊，又怎會不知道」⋯⋯在於我們而言，這是一種不尋常的表明態度；彷彿是在提醒彼此，也彷彿，是他由衷的有感而發⋯⋯

　　但也許，就只是我自己想得太多而已。

　　到了餐廳，奕軒看了我一會，我被他看得有點不自然，他苦笑嘆了口氣，召來服務生點餐：「要一客番茄蛋炒飯，一客白醬雞柳飯，一杯凍檸檬茶、少甜少冰，另外再要一杯冰咖啡。」

　　服務生離開之後，我忍不住問他：「你都不問我想吃什麼嗎？」

　　他對我做個鬼臉，回答：「我不是已經幫你點了餐嗎？」

　　我沒好氣，說：「你又知我想吃番茄蛋炒飯？」

　　「不對，白醬雞柳飯才是你想吃的。」他好整以暇地說。

　　「⋯⋯你怎知道的？」

　　「因為上星期午飯時，你嚐過這裡的白醬雞柳飯，之後幾天午餐的菜

單上都沒有出現白醬雞柳，你的臉上像是有點失望，所以我知道其實你很想再吃。」

「……你說得我好像很貪吃似的。」

「你確實是啊。」他對我笑著說。

過了一會，服務生送來了飲料，他將凍檸檬茶放到我的面前，然後自己就喝起冰咖啡。我問他：「那如果我最後原來不想吃白醬雞柳飯呢？」

「那我會跟你交換，讓你吃回平常都會吃的番茄蛋炒飯。」他淡淡地回答。

「為什麼……」我心裡突然有點難過，「為什麼你要如此遷就我呢，明明你原本想吃的，並不是番茄蛋炒飯，也不是白醬雞柳飯……」

「我也喜歡番茄蛋炒飯和白醬雞柳飯呀。」

「你說謊……」

「飯來了，先吃飯吧，別想太多。」他又對我做個鬼臉，將服務生送來的白醬雞柳飯，推到我的面前。

我拿起湯匙，舀了一口飯放進口裡，但不知為何，忽然覺得這一口飯，變得有點難以下嚥。

而奕軒的笑臉，也沒有以前的自然，彷彿有點牽強。

忽然覺得，有些情誼，開始變得不再一樣了。

—…—…—…—

晚上，離開圖書館，奕軒又如常地，送我去地鐵站。

「不如，今晚我們吃完晚飯，之後才回家？」

不知為何，我突然提出了這樣的邀約。

奕軒的神情像是有點意外，彷彿是以為聽錯了，他一直在看著我的雙

眼，而我只是回望了他一眼，然後就低下頭來。只聽見他這樣說：「好啊，沒問題。我先打電話回家。」

然後，我看見他微笑著拿出手機，致電回家說今晚不回家吃飯。

「為什麼今晚突然如此好心情，約我吃飯？」他收起電話，臉上掩藏不了愉快的心情。

「不知道呢，偶爾也想放鬆一下嘛。」我吐吐舌，和他走向圖書館對面的維多利亞公園。

時值初春，天氣並不寒冷。這天沒有下雨，微風輕輕吹過，在樹木之間奏起了輕柔的樂章。

我看著奕軒，心裡忽然明白，其實我一直都很享受與他相處的感覺。

他總是遷就我、保護著我，不會太靠近、用太刻意的討好讓我厭煩，但也總是會留在我看得見的地方，當我有需要時，他就會陪我說笑，跟我分享喜悅或煩惱。

如果沒有認識他，也許我的眼裡就依然只會有林銘謙這一個人，也許這幾年來，我會因為始終得不到誰的重視，而令個性變得更加灰暗或卑微……

奕軒就像是一個平衡，讓我可以在倦極的時候，還能夠重新去相信會有一個人願意毫無保留地支撐自己。縱使，我和奕軒就只是朋友關係，縱使我心裡知道，這樣對奕軒其實並不公平……

「對了。」我看著奕軒，微笑著對他說：「今天午飯你挑了我最喜歡的菜色，那麼現在就由我來挑選你會喜歡的餐廳，作為回禮吧。」

「這麼好？」奕軒像是不能置信，但過了半秒，他又露出了一個懷疑的眼神，說：「但是你會提議去什麼餐廳呢？不會是麥當勞吧？」

「你怎麼知道的？平時你不是很喜歡去吃麥當勞嗎？」我故意逗他。

「但不會是今天晚上去麥當勞吧？」他認真地嘆氣。

「唔，還是你想吃魚蛋麵？」我心裡暗笑。

「……我知道了，其實是你自己想吃吧？」

「傻瓜。」我用左手拍一拍他的頭，正色地說：「你以為我真的不知道你喜歡吃什麼嗎？我也一直在你的身邊啊。」

然後，他止住了腳步，我也停了下來，回望著他的雙眼。

是的，我知道再這樣下去，有些關係可能會變得不再一樣，可能我們也不能夠再回去，從前那一種比朋友好一點、但又不是好朋友的那一種關係。但我忽然覺得，自己不可以再錯過眼前這一個，一直願意默默地待我好、為我付出了這麼多的人，還有會如此認真注視我、在乎我所有軟弱與逞強的這一雙眼睛……

「那你告訴我，」奕軒輕輕吸了一口氣，又忍不住笑了一下，然後問：「我最喜歡吃什麼？」

「你……」

然後就在這個時候，口袋裡的手機響了起來。

我心裡呆了一下，因為那是我設定給林銘謙的來電鈴聲。

我拿出手機，確認螢幕上真的顯示著他的名字，於是按鍵接聽，他說：「今天晚上你有空嗎？」

我看了奕軒一眼，然後問林銘謙：「有什麼事嗎？」

「唔……如果你沒空，沒關係，我就不打擾你了。」

雖然林銘謙笑著說這一番話，但他平時很少會在這個時候打電話來找我，更別說他會問我今天晚上有沒有空……

「你現在人在哪裡呢？」從電話裡，隱約傳來陣陣的海浪聲。

「沒什麼，我只是在尖沙咀海邊。」

「……你自己一個人嗎？」

林銘謙沒答話，他這種反應反而讓我更加焦急。

「我現在過來找你，好嗎？」說完，我再望向奕軒，但他不知道在什麼時候已經走開了，在一旁的樹下站著，似是不想打擾我講電話……

「好啊，我在尖沙咀海邊的麥當勞，我在店門口等你。」林銘謙笑道，然後掛上了電話。

我收起了手機，輕輕呼了口氣，但還是無法沖淡心裡對奕軒內疚的感覺……

「怎麼了，是有要緊事嗎？」

奕軒的聲音，在我背後溫柔地響起。

我回頭，只見他的笑臉，又回復了我以前熟悉的自然與平靜。

是一張讓我可以安心、但是也沒有破綻的臉。

原來，他一直都是用這張臉，來遮掩他真正的情緒與感受……

「奕軒，對不起，我……」

但他不讓我解釋，只是輕輕地點了點頭，然後說：「我送你到地鐵站吧。」

———…———…———…———

三十分鐘後，我去到尖沙咀海邊的麥當勞，但是看不見林銘謙。

我走進店內，又走回店外，在附近都搜尋了一遍，依然沒發現他的身影。

打電話給他，也是沒人接聽。

我心裡有點不安起來。

「我已經到了，你在哪？」

我傳了這個短訊給他，沿著海邊繼續搜索，但是他依然沒有回覆，始終沒發現他的蹤影。

只願他並不是出了什麼意外……

我又再打電話給他，但是依然沒有接聽。

又過了三十分鐘，我回到麥當勞的門前，他仍是不在；我忽然想，也許，他並不是遇上什麼意外，也許，他只是已經獨自離開了，也許，他是忽然不想見到我吧，否則又怎會不接聽電話、不回覆短訊……也許，我特意過來找他，而他其實還是不需要我這一個人……

想到這裡，心裡突然感到無比的委屈。我蹲在地上，忍不住啜泣起來。

「為什麼哭了呢？」

忽然聽見林銘謙的聲音，我心裡一愣，抬起頭，只見他一臉奇怪地俯身看著我。

「你……」我想開口，但是看見他安然無恙，淚水反而更止不住；林銘謙有點手忙腳亂，連忙掏出一張紙巾給我。過了一會，我情緒開始平復，我問他：「你剛才到底去了哪裡啊？」

他輕輕笑了一下，然後指向不遠處的STARBUCKS，說：「我去買咖啡，然後在那裡坐了一會。」

我看見他右手拿著的杯子，裡面是他經常喝的、也是簡珮兒喜歡喝的卡布奇諾，我心裡感到一陣苦，淚水又滑了下來。

「你……為什麼要哭呢？」他卻一點都不明白。

「你為什麼不接聽電話？」

「原來你有打過電話給我嗎？」他從口袋掏出手機，按了幾下，苦笑說：「不好意思，原來我把手機調成靜音模式。」

「你……不記得約了我嗎？」

「我記得啊。」

「那為什麼你不檢查手機，看看我會不會致電或發短訊給你？」

「抱歉，我沒有想到你這麼快就來了……」

聽見他這個答案，我忽然感到一陣諷刺，忍不住苦笑起來。

「其實……」我吸一口氣，勉力再笑了一下，說：「其實你根本沒有在意過我的感受，是嗎？」

林銘謙茫然了一下，然後說：「對我來說，你是很重要的朋友。」

「重要，但重要到，可以忽略我的感受。」我努力讓自己說得平靜，不要生氣。「這些日子以來，你的心裡就只有簡珮兒，你從來沒有發現，我對你付出了多少感情。我只是你的朋友，連前女友也不是，我只是你一個分享心事的對象，但你對我又有多少了解？你知道我最近在忙些什麼、在煩惱什麼嗎？你可曾有想過主動過，去關心我、了解我，偶爾站在我的角度，來想想我有著什麼心情嗎？」

我知道自己有點無理取鬧。

因為，喜歡他，是我自己的決定，從來不會是他的責任。

他也不會想負起這個責任。

但我還是繼續說下去。

「在你心裡，簡珮兒的一切，都比起我所做的更重要。只要你想起她，你就可以忘記了原本和我在說著的話；只要你收到她一個訊息，你就可以取消和我原本約好的事情。但是一直守在你身邊的人，明明是我，可是你看著我的時候，還是只會想著已經不會回來的她，始終不會發現我的寂寞、不會關心我的感受……然後當你開始釋懷了，你就會立即忘了我，但當你又感到難過時，你又會記起我這個人……我真的不想承認，但有多少次我還是會忍不住在睡夢中醒來、反問自己，我到底算是你的誰呢？我就只是你的一個心事垃圾桶嗎？」

「你不是……」

林銘謙說了這三個字，就沒有再說下去。過了好一會好一會，直到淚

水已經落到地上，他才輕輕說了一聲：「對不起。」

我搖搖頭，對他說：「我不是要聽你說『對不起』，不是需要你對我感到抱歉……我真的很累了，這四年來，我都一直在等一個，不會回望我的人，一個其實我早已經錯過的人……我真的很累了。」

他看著我，沒有說話，我知道，是時候要終結這一切了。

「對不起，對你說了這些不應該說出來的話，是我不好……我想，以後我們還是不要再見了，不要再讓我有機會找到你，好嗎？」

然後，我站直身子，輕輕吻了他的唇一下，轉身離開。

我低下頭，匆匆走到不遠處的海邊，對著大海，讓淚水盡情傾瀉，告訴自己，結束了，真的要結束了，是時候，應該要結束了。

再怎麼不捨，再怎麼喜歡，有些人始終不會屬於自己。

再表現得更委屈更偉大，也是換不到他的一點同情或喜歡。

再難堪再認真，他還是不會追上來，挽回自己的手……

————…——…——…——

之後一星期，我在圖書館裡，都沒見到奕軒出現。

最多偶爾在大學課堂上碰到，但他似是不想跟我有眼神接觸，下課後，他也是匆匆獨自離開課室，我完全沒有機會，可以跟他談上半句話。

我知道，他是想避開我，就好像我想避開林銘謙一樣，不想再對一個沒結果的人，抱有更多執迷、讓自己繼續不開心下去。

我是真的明白。如果我對他其實沒有太多認真，始終不懂得好好珍惜他的好，我又有什麼理由可以去留住這一個人，又有什麼權利，要用他的苦心來換取我的快樂。

只是，明白歸明白，心裡還是會覺得可惜而已。

之後幾天，我都在夜夢裡遇見奕軒，每次他都總是對著我微笑，不說話，然後就突然變得離我很遠很遠，我再怎麼去追也是無法追上。

我只能眼睜睜，看著自己如此錯過這一個人。

每次醒來，我都會問自己，為什麼反而是夢到奕軒，而不是讓我傷透心的林銘謙。

但沒有人回答，就連我自己也不明白。

只知道，我開始變得懷念，奕軒那溫柔而讓人安穩的聲線。

漸漸，每天出門，我都會有點期待，會不會在大廈對面，再次看見那一個想念的身影。

但是每一次都期待落空。

每一次在大學裡偶遇他，看見他落寞地移開了視線，我都會問自己，為什麼不可以勇敢一點，去留住他的愛護與溫柔。

直到有一天，課上完了，我搭電梯打算去餐廳買咖啡，電梯門打開，幸運地竟然讓我碰見奕軒在裡面。

電梯裡只有他一人，我看見他，他也看見了我，當時我心裡著實嚇了一跳，但還是不敢表現出來，怕會讓氣氛尷尬，也怕他會奪門而出、再次避開我。我就只是靜靜地站在電梯門外，見他仍然沒有任何動作；於是我緩緩走進電梯裡，按鍵關門，只見他之前已按下餐廳的樓層。

門徐徐關上，電梯開始移動。我輕輕呼了口氣，原本想首先打開話匣，怎料他竟然比我先一步，問：「最近好嗎？」

「不太好。」我微微苦笑了一下，又問：「你呢？」

但他沒有回答，只是繼續發問：「為什麼不太好？」

我不知道應該怎樣回答。電梯繼續移動，只是沉默也逐漸將空間填滿。

「對不起。」過了一會，他這樣說。

「其實……應該是我說對不起，上次我這麼突然離去——」

他卻打斷了我，看著我說：「你知道我為什麼要說對不起嗎？」

他的眼神裡，帶著一種我不熟悉的認真與無奈，以前，他很少讓我發現他的這一種情緒，他一直都掩飾得很好。這讓我一時之間反而變得更不知如何應對。

然後，電梯門終於打開，他立即舉步離開。我心裡焦急起來，如果這次又是如此不告而別，之後甚至將來，我有一種預感，大概我們應該還是不能夠和好如初吧？但是想開口，我卻不知道應該如何說下去，就只能像夢裡一樣，眼睜睜看著他離開，離得越來越遠……

「呂頌怡。」

忽然，奕軒轉過身來，還叫著我的名字。

他平時不大會叫我的中文名字，通常就會叫我的英文名 Joey。

每次他叫我的中文名字，不是生氣了，就是他有認真的話要說……

「呂頌怡。」現在，他看著我，又再把我的名字叫了一次。「從認識你開始，我就已經很喜歡你，請問你能不能夠給我一個機會，做你的男朋友，讓我對你好、照顧你？」

我實在意想不到，奕軒會在這時候對我說出這一番話。幸好四周除了我倆，就沒有其他人在。但儘管如此，我一時之間還是來不及反應，不知道應不應該答應……

「但一直以來，我對你都不好……我值得讓你對我如此好嗎？」

我低下頭說。

「如果你覺得不值得，我就會努力地讓你覺得，你是值得我對你好。」奕軒堅定地說，但他又吸了一口氣，輕輕地說下去：「但如果，你並不喜歡我，我會從今天開始放棄，不再接近你、打擾你，以後都不會再出現在你——」

「傻瓜。」

我打斷了他，他茫然地看著我，一臉不明白的神情，讓我忍不住笑了起來⋯⋯

讓我再也忍不住，哭了起來。

「一直以來，我都會想，其實我並不值得讓你對我這麼好，但偏偏也只有你，會認真看待我的各種感受與心情，每當我像風箏一樣，迷失了方向，你會握緊我的絲線，讓我重新找回原本的目標、記起自己的價值，每當我感到累了，你都會為我遮風擋雨、陪我一起面對、一起走下去⋯⋯一個對我如此好的人，一個可以讓我做回自己的人，我又怎可能會不喜歡，只是⋯⋯」

我低下頭來，淚水如決堤般，心裡忽然好害怕，自己的不夠堅定，會傷害了這一個最重要的人，會讓我錯過了這一個最應該留住的人⋯⋯

「你才是傻瓜。」但這個傻瓜，卻走到我的面前，摟著我，在我耳邊輕柔地說：「只要你願意，我會一直在你身邊陪你、守護你，與你甘苦與共，以後我們只會比現在更快樂，一切都一定會好起來的。」

這是我人生中第一次，聽見另一個人對我如此認真地表白及許下承諾。

但其實一直以來，奕軒早已經用行動來代替言語，默默地守護著我、陪著我、支持我。

他其實是早已經做到了。

我輕輕掙開他的摟抱，看著他的臉，只見他的左邊眼角，早已經滑下一行淚水。

「明明你才是傻瓜！」

說完，我替他抹去淚水，然後我們兩人相視而笑。

原本以為，以後和他會像林銘謙那樣，變得不再往來，會變成一個永

遠記住的遺憾。

幸好，我們都來得及在最後一刻，留住對方。

幸好，千迴百轉，我可以偶然在這段路上，遇上陳奕軒這一個人，可以走進了他的世界。

——…——…——…——

後來，我和奕軒在臉書上，一起將感情狀況設定成「穩定交往中」。我們的親友都紛紛按讚、或留言祝福，林銘謙也是其中之一。

後來……

一位與林銘謙相熟的朋友，有一次和她隨意閒聊時，她告訴我，在那次海邊的不告而別之後，原來林銘謙也曾經想過要找回我；因為他終於醒悟，再不捨再難忘，過去也是已經過去了，他終於明白，如今誰才是最重要的人，誰才是更值得留住、更應該一起走下去。

只是當他想打電話給我的時候，剛巧，我的手機收不到訊號；然後第二天，他在臉書裡見到，我與奕軒已經在交往中……

後來，我與林銘謙沒有再聯繫。

只是偶爾，我還是會想起這一個人。

偶爾都會想，如果那天他早一點打電話給我、如果我沒有走進電梯裡，如今的我們，是否會有不同的結果。

Chapter 03 余文杰

2010.

有些人再親近，但還是感覺很遠，
再思念，也是只可以友誼永固。

有些人再同步，但還是不會走在一起，
再合襯，也是只能默默想念及祝福。

有些人再相知，但還是未可完全交心，
再對望，也是不可向對方表白自己的心意。

有些人再喜歡，但還是會漸漸變得陌生，
再不捨，也是不能夠去挽起對方的手……

曾經，你遇到這一個人，
原本彼此陌生，但他像是你失落的一部分，
他的一句說話，總是可以讓你無比開懷，
你的莫名煩惱，他總是會比別人更加清楚。
這一個人是如此熟悉，也太過同步，
你相信，他就是你想找到的那一個人，
可以與你結伴同遊、歷盡世間風光，
可以一起相依相守、同偕到老……

只是，你們相遇在一個不對的時間，
有些人再喜歡，但還是不可以繼續親近，
再同步，但還是只能夠看著對方越來越
陌生……

再難過，有天還是會想起自己沒有資格，
再執著，有天還是會令自己開不了心。
其實你很清楚知道，
有些情誼，當越過朋友的界線，
就不能再安守在好友這一個位置；
若是如此，那不如將這一份遺憾，
將這點偶爾還是會擾亂你的窩心與刺痛，
都變成一個純粹的回憶，
不要繼續同步，不要勉強再見……
這是你們之間最後的默契，
即使你們從來都沒有開口說明，
即使你們最後還是沒有好好地說一聲再見……
但是因為有著這一點遺憾，
以後才可以有更多力氣，
偶爾思念或不捨，在回憶裡一起到老白頭……
你們依然會是彼此最好的朋友。
有這麼一個人，可以一起這樣相守一輩子，
其實真的無憾、已經很足夠……

你說是嗎？

「如果，你剛剛展開了一段新戀情，但之後你才發現，原來你一直念念不忘的舊情人，曾經也想過要再次和你一起，你會怎麼辦？」

「……這是小說的劇情嗎？」

我看著宋凌兒，她平時最愛想一些古靈精怪的事情。

她淘氣地搖搖頭，頭髮像波浪一樣隨著她搖晃，說：「不是啦，是我的一個朋友，她遇到這樣的情況。」

每次她這樣搖頭，都會讓我覺得很有趣，就像一個小女生，但其實她已經是一個大學生了。我喝了一口咖啡，問她：「那你的朋友，後來怎麼辦呢？」

「還可以怎麼辦呢。」她嘆了一口氣，微微苦笑說：「而且她跟現在的男朋友也這麼開心。」

「但始終是有所遺憾吧？如果她真的不介意，也不會跟你分享這一件事了，是嗎？」

「她說她會努力忘記，有遺憾，不等於不可以重新開始。」

「唔……」

「你覺得不可能嗎？」宋凌兒笑看著我，露出她的小虎牙。

「通常，說得有道理，比起真正實行要來得輕易吧。」我伸伸懶腰。

「你還沒回答我呢，如果你是她，你會怎麼辦？」

「但我沒有舊情人，想像不能。」

「我知道你沒有。」

宋凌兒抿著嘴，我聽到她的聲音像是帶點抱怨。但我裝作沒有發現，只是問她：「明天你有什麼事情要做呢？」

「明天我要跟仲衡去逛街。」她甜甜地笑了一下，又問：「你呢？」

「明天嗎……」我又再伸一個懶腰，慵懶地說：「我還沒想好呢。」

「你跟小雪不是每星期六都會見面嗎？」

「是呀，但明天的事，就留待明天再說吧。」

「你總是這樣子，毫無計劃。」她向我做個鬼臉。

「你管我。」我也回她一個鬼臉，心裡卻暗暗地苦笑了一下。

—…—…—…—

認識宋凌兒，其實只有半年時間。

本來，我們就讀不同的大學，生活上不會有太多交集。

只是碰巧，我們都認識一位叫陳思齊的朋友，我們經常都會去光顧他的咖啡店；然後有一次，陳思齊在咖啡店舉行生日會，作為店主還有壽星，他邀請我和宋凌兒出席，陳思齊介紹我倆認識，然後……

—…—…—…—

「大家想喝什麼？今天我請客啊！」陳思齊在店裡大嚷。

店內眾人都歡呼叫好，有人問：「點什麼都可以嗎？」

陳思齊開心地笑說：「都可以。」

「那我要青蘋果綠茶。」

「我要一杯 MOCHA。」

「我要紅豆冰。」我舉手嚷。

「我也要一杯，少冰。」有一個女生接著說。

「記得要多點紅豆。」我叮囑。

「是啊，如果有香草冰淇淋，麻煩再加一球。」女生提議。

「我也一樣。」

「喂……」其他的人都失笑起來，指著我和那個女生。「你們還真是合

拍啊。」

　　我向那個女生望去，只見她的臉上，也帶著一點紅。

　　「誰合拍啊……」話未說完，大家又再次爆笑起來，我感到自己的臉在熱……

　　為什麼剛認識的她，會跟我說著一樣的話。有著一樣的喜好。

　　　　—…—…—…—

　　「你喜歡哪個歌星？」

　　在回家的巴士車程裡，我不經意地問起宋凌兒。

　　「沒什麼喜歡的。」

　　她卻假裝看著雜誌，冷冷地回答。

　　「那喜歡什麼電影？」

　　「我不看電影。」

　　「……喜歡 Hello Kitty 或 Mickey Mouse 嗎？」

　　「兩樣都不喜歡。」這是什麼答案。

　　「你是女性嗎？」

　　「……原來你是女性？」她平靜地駁道。

　　「你不要跟我說，原來你喜歡變形金剛吧？」

　　然後我看見了她一臉訝異的表情……

　　　　—…—…—…—

　　「你住……這棟樓嗎？」宋凌兒有點惶恐的，問我。

　　「你不會……也住這棟吧？」我嚇一跳，反問她。

「……當然不是！」她用右手指向隔壁的樓房。「我住這一棟。」

「還好……」我鬆一口氣，但不知為何，心裡同時也有一點點失落。

「那我走了。」

「嗯，拜拜。」

我說，但她已頭也不回走了。

然後第二天，我離家時走出電梯，看見宋凌兒從另一部電梯走出來……

———…—…—…—

是巧合得過分，卻讓我們有更多機會走近。

「你平常會到哪兒吃早餐呢？」

「麥當勞，你呢？」我反問。

「麥當勞好嗎？我覺得『彩虹』比較好啊。」『彩虹』是一間快餐店的店名。

「『彩虹』好嗎？它裡面的裝潢有點破舊……」

「但那兒的太陽蛋不錯嘛，每次看到，一整天都會有好心情。」她甜甜地說。

「哦……」

「啊，不如一起去吧？」她忽然這樣問，看見我一臉愕然的表情，又說：「啊，抱歉，你是想去麥當勞吧。不好意思我唐突了。」

「不，不是。」我微微苦笑一下，說：「其實應該是兩顆太陽蛋、再加一片薄吐司吧？」

於是，輪到她不說話了。

—…—…—…

從沒有一個人，可以像宋凌兒般，個性、喜好都與我相似，而又可以如此相近。

冰淇淋紅豆冰、變形金剛、太陽煎雙蛋、雙層吉士堡、Marvel、希區考克、海南雞飯、王家衛、攝影、One Piece、九把刀、new balance、張國榮、《尋找周杰倫》、五月天、《天龍八部》、pokemon、501 牛仔褲、1A……

「想遊車河嗎？」

「遊車河？坐巴士嗎？」我問。

她點點頭，然後指著剛巧駛過的 1A 巴士。

「還指？快追吧。」我笑嚷。

1A，是一條最適合遊車河的巴士路線，由尖沙咀碼頭開出，從海邊轉進彌敦道，穿過熱鬧的佐敦、旺角，去九龍塘的高級住宅區，在九龍城眺望舊機場的廣闊土地，到觀塘看架空的地下鐵路，最後在秀茂坪山上下車，俯瞰東九龍的萬家燈火……

一趟車，就可以遊遍半個九龍半島。

只是，車程頗長，而每次都一個人……

「喂。」我看著窗外，問如今正坐在我身旁的宋凌兒。「為什麼你會選坐 1A ？」

但是她沒有反應。

回頭看，她竟然已經睡著了。

—…—…—…

「喂，出來玩吧。」

「玩什麼？像上次般玩睡覺嗎？」我揶揄。

「……就陪陪我嘛。」她軟言相求。

「陪你睡這麼興奮？」

「你好無聊呀！」

然後，掛了我的線……我還沒說聖誕快樂呀。

但門鈴接著響了起來，我連忙去開門，門外不見人影，只有夾在門縫的一個信封。

「笨蛋，Merry Christmas！」

「傻瓜，」我看著卡上的這一句，自言自語：「難道要我學你一樣嗎？」

然後我去到宋凌兒所住的地方，將原本預備好的聖誕禮物放在她的門前，按一下門鈴，之後……

速逃。

—…—…—…—

最初，我們大概每個月才會碰面一次，有時偶然在家的附近碰到，就會一起去吃下午茶或晚餐。

漸漸，我們每星期都會定期聚餐一次，甚至幾次。

「你家平常沒有人煮晚飯嗎？」

「我的家人比較晚歸，而且我也不會煮……」我望宋凌兒一眼，取笑她：「但身為女性的你，竟然也不懂得煮飯，唉……」

「……今晚你自己一個人吃吧！」她輕嗔。

「喂！」

我們通常會約在附近的商場，隨便找一間餐廳或快餐店吃晚飯。

　　然後有一次，不知是她還是我，提議說想嘗試一些比較好的餐廳，於是我們開始往外探索。

　　由鄰區的茶餐廳，到別區的特式菜館；由每星期一次，到每星期三、四次。

　　由原本便服形式的聚餐，變成珍而重之的約會般⋯⋯

　　——⋯——⋯——⋯——

　　「你遲到了啊。」

　　「就只是遲到十五分鐘嘛。」她微微喘氣，臉有點紅。

　　「一定是因為化妝的緣故啦。」我留意到她的眼皮上所塗的淡紫色。

　　「不化妝、怎跟你來這裡呀。」她抬槓。

　　「又不是我提議要來這兒的啊⋯⋯」我看著 menu，馳名老店「太平館」的 menu。「是你提議的啊。」

　　「喂，又是你說要吃『瑞士雞翅』嘛！」

　　「你說呢⋯⋯」我合上 menu。

　　「怎樣？」

　　「如果我們只點一客瑞士雞翅，會不會顯得好寒酸？」

　　「⋯⋯不會吧你？」

　　宋凌兒一臉鄙夷，打開 menu 細看，然後過了一會，她眼裡已經跟我有相同的念頭。

　　這天是三十日，傳說中的糧尾日，我們的兼職薪水還沒有發⋯⋯

　　「說起來，最近尖沙咀開了一間在北京很著名的水餃店呢。不如下次去試吧。」

　　她掛著笑意，看著我說；我點點頭，與她又再下了一個約定。

—…—…—…—

　　與宋凌兒在一起，真的可以無所不談。

　　高尚的、低俗的、有趣的、悶人的，種種話題，最後我們都會大笑終結。

　　其實我知道，不是所有話題都適合她，有些時候，她只是配合我而已。

　　因為，我也是如此這般的，迎合她說的話、甚至喜好。

　　「你真的喜歡『史迪奇』嗎？」她一臉疑惑地問我。

　　「我？當然喜歡啦！」我拿著『小金』的玩偶回答，其實我是昨天晚上用 GOOGLE 搜尋，才知道牠的名字。

　　也許最初，是某些共通點，讓我們向彼此靠近。

　　但發展到後來，是我們一起尋找甚至建立更多的共通點，希望彼此走得更近。

　　從人類交往的模式來說，這本來是一件很平常的事。

　　但是在我們之間來說，這……

—…—…—…—

　　「其實……」

　　那天，宋凌兒一臉認真地，輕聲問我：「如果兩個人這麼相親相熟，不是會變得很恐怖嗎？」

　　「為什麼會變得很恐怖？」我側過頭，問她。

　　「總有一天，會變成互相喜歡吧。」

　　「不是帶著一點喜歡，才會成為朋友嗎？」

「朋友的喜歡，跟愛情的喜歡，是不一樣的嘛。」

「那麼……我們之間，又屬於哪一種喜歡？」

但是她沒有回答，只是閉上眼，在搖晃的車程裡裝睡。

「朋友之間，越是相處下去，越是會變得親近，其實……也是很平常的，是嗎？」

她的雙眼依然緊合。

「如果是朋友……」

但過了一會，我聽見她這樣夢語。

然後，她的頭貼在我肩膀上。

其實，這是一件並不平常的事。

當，其中一方開始不再將對方放在朋友的位置。

當，另一方也可能不再認為對方是普通朋友。

當，其中一方的身邊是有著另一半。

當，大家的身邊也是有著愛自己的人……

———…—…—…—

「喂。」

「喂。」

「出不出來吃飯？」

「唔……不了，我不餓。」

「那算了，下次再約。」

我緩緩掛線。

漸漸地，我們沒有再聚餐過。

————…————…————…————

她是在避開我嗎？

電話，沒接；約她，沒有空。

短訊，沒有回；臉書，沒更新。

彩虹，碰不見她；大廳，也等不到。

有好幾次，想直接走到她的家，去問個究竟。

但再想，如果她真是有意避開的話，我又是否應該任性地去破壞呢？

其實我不應該這樣自私。

其實就只有三層樓的距離。

但彷彿，相隔著無限遠……

————…————…————…————

「喂！」

小雪在我的耳邊嚷，我呆了一下，只見她嬌憨地笑著，問我：「想去哪裡吃飯啊？」

我有點茫然，過了一會，反問她：「你餓了嗎？」

「快七點了啊，難道今晚你打算不吃飯嗎？」小雪鼓起腮，雙手扠腰。

「當然不是啦。」我陪笑，問她：「你有想吃什麼嗎？」

「唔……我想吃中式的。」

「到酒樓吃小菜嗎？」

「不。」她搖搖頭，又想了一會，忽然笑道：「我想吃水餃。」

水餃？我呆住。

「聽說尖沙咀開了一家新的北京水餃店，不如去試試吧！」小雪邊說邊

牽著我的手。

而我卻像是失去了語言能力，不會說好，也不懂得說不好。

半小時後，我和小雪來到水餃店外，無數顧客已經在門外排隊等候。

「嘩，不知要等多久呢！」小雪輕嘆，我們拿到號碼牌九十九號，現在輪到的是四十五。

「新開張嘛，都是這樣的。」我安慰她，又提議：「或者先到附近逛一會吧。」

小雪扁扁嘴，說：「我怕待會可能輪到我們時，我們反而錯過了。」

我苦笑問：「那麼，小姐你打算怎樣？」

「在這裡等！」她吐吐舌，從接待處拿來 menu，說：「我們不如先看看吃什麼吧！」

menu 立刻被翻到甜品那一頁，那是小雪最喜歡吃的菜式。

「咦，這裡也有高力豆沙啊！我一直以為高力豆沙是上海菜來呢！」小雪興奮地嚷。

「不，其實是來自北京的菜式。」我笑著解釋。

「但在上海餐館也會見到有高力豆沙呢。」

「那這裡也有豆沙鍋餅啊，港式的菜館總是融會中西南北、將各方菜式大雜燴嘛。」

「嗯，也是呢，這兒也有豆沙鍋餅。」然後小雪將 menu 交回給我，笑說：「高力豆沙，待會我要吃高力豆沙！」

我微笑接過 menu，心裡卻無法不想起，宋凌兒的話。

—…—…—…—

「咦，原來高力豆沙是北京菜嗎？」

宋凌兒將雜誌攤開，放在我的面前，只見上面正介紹著，她上次提議想去吃的水餃店。

　　「你果然就只懂得吃。」我說，然後反被她重重敲了一下額頭。

　　「你猜我最想吃什麼？」她嘟著嘴笑問。

　　「不用多說，你一定是要吃豆沙鍋餅吧？」

　　「哼，說得滿了解我似的。」

　　「那你猜我想吃什麼？」

　　她指著雜誌上的相片，笑道：「一定是火腿白菜啦！」

　　「你錯啦，是糖醋黃魚才對。」

　　「喂，那是我想吃的啊！」

　　我假裝驚訝，反問：「咦，你不是想吃宮保雞丁嗎？」

　　她向我咆哮：「我怎麼吃得了辣呀！」

　　「是是是，甜品怪非你莫屬。」

　　「你就一定是食肉怪啦。」

　　「喂，」我忽然想起，問她：「你不會再點芝麻湯圓吧？」

　　「咦，都好啊！」

　　「……那我們到底要不要去吃水餃？」

　　我失笑說，她卻不再說話，就只是倚著我的手回頭努一努嘴，然後繼續靜靜地看雜誌。

　　那是我最後一次與宋凌兒聊天。

　　———…———…———

　　後來，等了半個小時，我與小雪終於順利入座。

　　我們點了火腿白菜、宮保雞丁、糖醋黃魚、擔擔麵，當然還有高力豆

沙。

吃完之後，小雪看著我，忽然說：「喂。」

「怎樣？飽了嗎？」

「早就飽啦！」她摸摸肚子，嘆氣：「唉，又要減肥了。」

我莞爾，說：「那就別再吃了，先休息一會吧。」

「但我想問……」

「嗯？」

「為什麼我們已經點了高力豆沙，但還要再點豆沙鍋餅呢？」

小雪看著我，一臉奇怪貌。

我繼續吃著剩餘的豆沙鍋餅，不知如何回答。

—…—…—…—

深夜，在送了小雪回家後，我回到自己的家，開啟電腦上網。

難得地，我看見宋凌兒在線，這幾星期她都很少在線……

然後我看到，她的臉書有一篇更新；我點進去看，見到了這篇日誌：

今晚我們去了北京館，吃北京水餃。

原本之前沒打算去的，因為聽說有很多人排隊，

要等很久才能入座；你們都知道，我最怕等了。

但碰巧男友今晚途經尖沙咀，可以預先去等位，

等我來到後，不用五分鐘就可以入座了，真好。

之前朋友說這兒的水餃好吃，於是先點了白菜豬肉餃，

不過可能皮太厚，我自己不太喜歡，他可是吃了五個；
其實我們兩個人，點菜不算多，有宮保雞丁，好辣呢！
糖醋黃魚就甜甜的，外皮香脆，肉汁也多，還算不錯。
蔥爆羊肉夠羶味及鑊氣，肥瘦適中，但我不是食肉獸，
所以我將重點放在火腿白菜，以及我期待的甜品環節──

豆沙鍋餅！

這家店的素質很不錯，連他這麼嘴刁也說要再來一次，
或許真的會再來。今晚的感覺很滿足，也有一點奇妙，
這家北京館真的值得推薦，若經過尖沙咀就試一試吧。=)

日誌的發表時間是今天深夜十一時十二分……
我看得愣住。
今晚，我到了北京館，想不到，原來宋凌兒也到了北京館……
今晚原來我們在同一間餐廳用餐，在無意之間，一起赴了始終沒有約
定的約……
更一同點了宮保雞丁、糖醋黃魚、火腿白菜甚至豆沙鍋餅……
只是我們，並不是真的坐在同一桌用餐。
是巧合嗎？我問自己，同時回想今天所發生過的，一切都是那麼的不
經意。
但實在巧合得誇張……
再也忍不住，重重呼一口長氣，心裡的鬱悶感卻更強烈，我開始看著
螢幕發呆。
今晚，她也在場，但我看不見她……

我們是在同一時間，在北京館用餐嗎？

如果是，她，又有看見我嗎？

如果她有看見，她會怎麼想？

之後，她會否告訴我，她原來也在場嗎？

還是不會告訴我，卻在臉書裡記錄下來，讓網路來記錄今天所發生過的巧合？

又或者換個角度，我是否應該告訴她，我也在場？

還是也應該，當作沒有發生過……

「喂 .....」

這時候螢幕卻彈出一個通話視窗。

是宋凌兒傳過來的，在相隔了二十三天以後。

由一個文字與五個標點符號所串成的，是她與我之間慣常共用的問候句式……

「我今晚去過北京館了」

她這樣說。

我靜靜看著，想淡然，最後還是忍不住苦笑……

—…—…—…—

有時候最令人感到無奈的，並不是沒能和喜歡的人在一起……

而是你明知不能和對方一起，但你們的距離依然如此的接近，又，這麼同步而已。

—…—…—…—

曾經 錯過 的 時間

「喂。」

「喂。」

我拿著手機，吸了一口氣，對宋凌兒說：「今天有空嗎？」

「你……不用上課嗎？」

「請假了。」我說，抓緊手機。「出來好嗎？」

「……去哪裡？」

「沒什麼特別的。」我笑，微微呼氣。「只是想和你四處逛而已。」

然後，她沒有拒絕。

然後，我們就約在「彩虹」見面，一起吃了太陽雙蛋早餐，再出發到南丫島去放風箏、吃豆花、吹海風。下午，我們去了尖沙咀，在之前一直想去的餐廳吃千層蛋糕，在碼頭搭 1A 巴士去遊車河，在車上，她又裝睡了。晚上，我帶她去嚐我們一直沒有光顧的勝利道海南雞飯，之後找了間咖啡店休息閒聊，天南地北地說著，之後，之後……

她說，要回家了。

因為她的手機響了幾遍，我知道是誰打給她。

我還知道，我手機也有未接來電，在等待著我……

「好啦，不用送了。」她向我揮揮手。

「沒關係呀，只是相隔三層樓。」

「就是因為只有三層樓嘛，所以就不要送了。」她微笑，但帶點強硬地說。

我只好目送她走進電梯。

「謝謝你，今天玩得好高興。」

「不用謝，我也是一樣。」我揚起笑容。

「好啦，拜拜。」她再次揮手。

「拜拜。」

電梯門關上，我再也看不見她的身影。

我凝視手錶，十一點四十七分，二月，十三日。

原來明天，就是情人節。

—…—…—…—

打開家門，家人都已經睡了，我悄悄地走回臥房，見到有一個大包裹放在床上。

看見包裝紙上的標籤，是快遞今天送來，媽媽替我簽收的。

而寄件人，是宋凌兒。

我立即將它打開，見到裡面都是熟悉的東西，有我借給她的小說、影碟、唱片、變形金剛，甚至是借她之後忘了取回的風衣……

為什麼忽然要寄回給我？

想不通、也越想越害怕，最後我忍不住，走出家門跑到她所住的樓層，在她的門前按門鈴。

可是，沒有人開門。

鈴聲在屋內迴盪，在靜寂的深夜中，反而更顯出一種空虛。我不死心地繼續按動，又撥打她的手機，但大門依然沒有開啟，手機也已經被關上……

「這間的租客早已搬走了。」

背後忽然傳來一道男聲，我轉頭一看，認出是樓下管理處的保全。

「搬了？」我不敢相信，追問保全：「是何時搬走的？」

「上星期搬的。」保全像是認得我這住客，對我禮貌地笑說下去：「還記得那天一整天都下雨，他們家請了搬家公司，一個下午就搬好了。」

我茫然。

一直都沒有聽她提起過要搬家……

她是要避我避到如此地步嗎？

後來我失魂落魄地，回到自己的家、自己的臥房。

床上，依然有著我剛才從箱子取出的東西。

彷彿，也有著她的氣息。

我默默地走到床邊坐下，將裡面的東西繼續拿出來。

有我孩童時玩過的金色可樂搖搖，她說小時候沒有玩過，想學懂「一飛沖天」……

有已經變黃的初代 GameBoy 遊戲機，卡槽插著「瑪利歐醫生」遊戲帶……

有她從不愛看的村上春樹小說，有我以前買給她吃的牛軋糖……

然後在箱子的最底層，卻放著一盒米白色包裝的巧克力。

我拿起巧克力，終於忍不住，微微笑了。

——…——…——…——

「你有沒有吃過『賭神巧克力』？」

昨天在尖沙咀的商場超市買飲料時，我問宋凌兒。

「『賭神巧克力』？」她反問，本來正在微笑的臉，彷彿帶著一點悲哀。

「這個呀。」我指著貨架上一盒米白色包裝的巧克力。「以前電影《賭神》裡，賭神最喜歡吃的『賭神巧克力』。」

「……沒有吃過。」

「竟然沒有吃過？」我有點意外，她可是巧克力迷。「記得小時候，我會白痴地買一盒回家，然後一邊吃、一邊扮賭神玩梭哈呀。」

「是嗎？」她淡淡地笑了一下，又說：「我很少看賭博電影呢。」

「我記得，」我向她吐一吐舌，雀躍地說：「下次我借影碟給你吧，這

一部可是經典之作呢。」

　　但她仍是只有微微笑，沒有再説話。

　　—…—…—…—

　　其實，她是沒有打算，再繼續這樣和我同步下去。

　　如果再這樣下去的話，也許會真的如她所説般，終有一天，會變成一件好恐怖的事情。

　　越是靠近，越是會意識到彼此的不可能。

　　也許到時候，我們就再沒有可以退後的餘地。

　　即使再喜歡也好，即使再遺憾也好……

　　而現在這一盒巧克力，就是她向我餞別的禮物。

　　當中不含有愛情的意義，只是一盒普通的巧克力……

　　我把米白色的盒子打開，取出其中一塊巧克力，放在口裡細嚼。

　　有一點苦澀，有一點甜……

　　我將巧克力的盒子放下，緊緊閉上眼。

　　—…—…—…—

　　「你和小雪在一起多久了？」

　　「唔……快三年了。」

　　我抬起頭，望著天空，不想看她的表情。

　　「嗯，三年，時間很長呢。」

　　「是嗎？」我輕輕吸了一口氣，問她：「你呢？」

　　「也差不多快三年。」她平靜地説。

然後，我們兩人都沒有說話。

「如果，那時候……」

「嗯？」

「沒什麼。」她微微搖頭，頭髮像波浪一樣隨之晃動。

如果那時候，我們能夠提早相遇，如果……

但可惜，這世上沒有如果。

「要好好珍惜她啊。」

她笑看著我，一臉認真。

「嗯，我知道。」

「要讓大家都過得比現在更幸福。」

我輕輕苦笑了一下。

「嗯。」

——…—…—…—

只希望，你可以幸福快樂。

至少，要比現在的我們，更加幸福。

Chapter 04 陳奕軒

2012.

後來你還會記得嗎，我們如何由熟悉變得陌生。

以前，我們總是言無不盡，
不會捨得不回應對方的短訊。
以前，我們總是很想見到對方，
總是不想跟對方說再見。
以前，有什麼事情都好想和對方分享，
以前，我們都相信對方是最明白自己的人，
以前，只希望能夠一起約定更多未來，
以前，又怎麼會相信，
有天我們會變得無話可說……

寧願學會沉默，也不想再說明太多；
寧願假裝很忙，也不想再相對無言。
看見漂亮的晚霞，
也不記得要和對方分享，
看見對方的倦容，
也會開始假裝視而不見……
不是不想令對方更快樂，
而是不敢肯定，對方是否仍然需要自己，
是否還會想見自己、想念自己……
也許，我們仍然會懷念，
曾經那些最快樂、最心靈相通的那些時光，
那時候，我們就只想留在對方身邊，
一起成長，一起共老；
只是後來，我們還是漸漸疏遠，
明明就在身邊，但還是只能看著對方走遠，
明明不該放手，但最後還是寧願讓彼此錯過。

真的很累了，真的。

對著一個，彷彿親近，但始終無法親密的人。

對著一個，明明熟悉，但有時又無比陌生的誰。

—…—…—…—

下班時分，我如常收拾好自己的物件，放進公事包裡。

跟相熟同事道別後，走到大樓電梯等候，望著指示板，盡量表現平靜。

但其實今天晚上，終於可以跟頌怡約會。

已經差不多有兩個星期沒有跟她約會，上一次是去看電影。電影好看，但是她像是不太喜歡。散場後，氣氛變得莫名的沉默。今晚，還是不要看電影吧。今晚，希望能夠讓她開心盡興。

去到地下大廳，步出門外，只見頌怡已經站在一旁等候。我們在同一間公司工作，只是分屬不同的部門。我對她展顏微笑，她對我點一點頭，然後說起今天公司裡的瑣事，然後兩人走過了一條長街，然後我牽起她的手……

嗯，她是我的女朋友。

—…—…—…—

「今晚吃生魚片好不好？」我提議。

她看著路旁的店鋪，過了一會，說：「不太想吃日本料理。」

「那，吃薄餅？」

「我們只有兩個人，吃不了幾樣菜呢。」

「那……不如去九龍城吃泰國菜吧，很久沒試辣蟹了！」我興奮地說。

「其實只是一頓晚餐，不用吃得那麼昂貴嘛。」

但她彷彿不感興趣。

「那麼，你想吃些什麼？」

「不知道……你決定吧。」

我記得，上一次也是這樣，而最後，我們竟然去了麥當勞。

這一次，也是要去麥當勞嗎？

我知道，也許今晚最後到了哪裡，其實她都不會在乎。

———…—…—…——

最初認識頌怡的時候，她是一個善解人意、體貼的女生。

「你有帶紙巾嗎？」

在餐廳午飯時，她忽然這樣問我。

男生又怎會帶什麼紙巾。

我正想說沒有，她已經微笑一下，將自己的紙巾，從中間撕開一半，然後分給我。

「謝謝。」我承認，那一刻的回答，是有點傻氣。

但之後，每次在餐廳午飯時，頌怡都會分一半紙巾給我。她並不是對我特別好，因為她也會分紙巾給其他一起用餐的同學。

她很懂得照顧別人，對我來說，這是一個難得的優點，也是一個很好的學習對象。

但頌怡不會認為這是優點。她只會想，照顧別人是本來應該要做的事。從來不會想，自己也是需要別人照顧的一個。

—⋯—⋯—⋯—

「給你的。」

還記得那一次，我特地買了一大包紙巾，帶回學校給頌怡。

她臉上的表情，像是感到無比意外，彷彿是我太唐突。

我笑著對她說：「不要誤會，我只是想，平時一直都用你的紙巾，所以才買回這一包紙巾給你。」

她的表情像是覺得很有趣，將紙巾拿在手上，看了又看，然後笑問：「那麼多，是想我以後也要分一半紙巾給你嗎？」

我對她吐吐舌，說：「被你看穿了。」

「謝謝你呢，你是第一個送我紙巾的人。」

「這麼榮幸？」

「很少人像你這麼認真呢。」

「很少人像我這麼雞婆吧。」

「也是。」她輕輕笑了一下，對我說：「無論如何，我會好好保存這包紙巾的。」

「……但我是想送給你用啊。」

「我知道，但我還是想好好保存下來，留作紀念。」說完，她向我做了一個鬼臉。

後來，她真的將紙巾保存下來，因為之後她帶的紙巾，是茉莉花味道的，而不是我送給她的青蘋果味。

很久之後，我終於有機會到她家參觀時，才發現，她是真的把紙巾珍而重之地保存下來。她說她很珍惜別人送給她的每一份禮物，因為一直以來，都沒有太多人會送她禮物。

—…—…—…—

「想吃什麼，就點什麼啊。」

「唔……」她認真地看著 menu 好一會、又好一會，最後抬起臉，笑著跟我說：「我要點這個。」

我看看 menu，她選的是燒牛肉便當，是最便宜的其中一款菜式。

「你喜歡吃燒牛肉嗎？」我問她。

「還可以啊。」她依然微笑著。

「但我明明記得你不太愛吃燒牛肉。」我苦笑了，指了指另外的鮭魚丼飯，說：「你不吃這個嗎？」

她猶豫了一下，但最後還是說：「燒牛肉便當比起鮭魚丼飯要便宜很多啊。」

「便宜也沒差幾十塊嘛，而且今天是我們第一次正式約會，為什麼不盡情地吃好一點呢？」

她依然不說話，彷彿像是覺得，這樣子很不好。

「傻瓜。」我輕拍了一下她的頭，對她說：「不要想太多，就只想著，自己最喜歡吃的。」

之後，頌怡還是點回燒牛肉便當。我也沒有勉強她，只是覺得，一直以來，她都很壓抑自己的感覺，還有對別人的期待。

就好像，她很喜歡吃鮭魚，但她會先考慮價錢，不是因為她節儉，而是她不想讓別人破費。就好像，她其實很喜歡發呆，她放空時的樣子，是我所見過最輕鬆好看的；但她一直都太過習慣要照顧別人，總是會太費神去在意，別人臉上的表情。

———…———…———…———

第一次到頌怡的家，我有點明白，為什麼頌怡總是會習慣去做一個照顧別人的角色。

她的父母都健在，還有一個妹妹，家境不算富裕。她妹妹的個性不錯，外表也討人喜歡，雖然跟頌怡不相上下，但我還是有點感受得到，她的父母比較偏愛妹妹，而頌怡是一直被忽略的角色。

就好像，她的父母去旅行，會遷就妹妹的假期而安排，如果頌怡剛好沒空，他們卻不會等她。她家裡晚餐煮的菜，通常都不會有頌怡喜歡、甚至只有她不會喜歡的菜式，她的媽媽只會記著妹妹喜歡的味道，但頌怡每次也是會笑著吃下去。

自頌怡小時候開始，她的父母，就好像已經不太重視她的感受與成長。她的爸爸是一個嚴父，卻會對小女兒展露寬容；她的媽媽也就只會順從丈夫的意思。因此一直以來，頌怡都會努力做一個聽話的小孩，好好照顧自己，也不會為父母帶來任何麻煩。這本來不一定有什麼不好，只是久而久之，她就變成一個不敢輕易提出要求的小孩，也習慣了，不要去奢求別人的愛護。

也因此，她也習慣在其他事情上，用一個善解人意、討好的個性，來與別人交往、相處。不會輕易表現自己，也不會讓別人知道自己的真正心意。

但是頌怡自己並沒察覺。她只是不想讓人有任何為難。

「吃什麼都無所謂，只要你喜歡就好了。」

「你喜歡的，我都會喜歡。」

「沒關係啊，其實我也想要這個。」

無論是在日常生活處事、感情、交友，甚至是個人的喜好，都經常會

聽見她這樣說。

這不一定有什麼不好。只是偶爾，也會希望她可以善待自己一點，可以去勇敢地表達自己想要的事情，或是拒絕別人。

「其實，如果有時你覺得討厭，或是不想選擇，你也可以婉拒，甚至直接拒絕呀。」

「沒關係呀，很少會出現讓我覺得討厭的事。」

但她總是會笑著這樣回覆。

我知道，有些習慣與態度，也不是一下子說改變就可以改變得了。唯有慢慢地，一點一點去讓她改變，又或者是，由我自己去改變。

「或者這樣吧，如果真的哪天，你也遇到不想接受的事，但是你又不知道怎麼拒絕時，你可以找我幫忙啊，我們一起想想可以怎樣處理。」我說。

「但這樣不是會麻煩你嗎？」她望我一眼。

「我不是你的男朋友嗎？」我盯她一眼。

她吐吐舌頭，最後輕輕地說了一句：

「謝謝你。」

—…—…—…—

和頌怡在一起之後，讓我印象最深刻的一次，是我們畢業的東京之旅。我們走在澀谷的街上時，她拿著抹茶牛奶，我拿著銅鑼燒、邊走邊吃，她忽然看著我，對我說：

「這是我出生以來，最快樂的一天。」

我呆了一下，笑著反問她：「為什麼是這一天呢？」

「不知道啊，只覺得，現在這一刻，真的很放鬆很放鬆，可以什麼事

情都不用想，可以完全地做回自己。」

　　說完，一道微風輕輕吹過，撥起了她的秀髮。她盡情地閉起雙眼，手牽著我，感受這一刻的閒適，彷彿忘記了我們正身處人來人往的澀谷街頭，彷彿只要有我在身邊，她什麼都不會再害怕。

　　「但你不要忘了，回到香港之後，我們還是要找工作啊。」我跟她說笑。

　　「我知道啊，但我不會怕。」她張開雙眼，牽緊我的手。「我知道，只要我們繼續在一起，我們將來一定會好好的。我真的知道。」

　　「對我這麼有信心嗎？」我微笑，心裡只覺得自己充滿了勇氣。

　　「沒信心的話，又怎會由得你帶我來、我從來都沒有來過的日本？」她向我吐吐舌，做個鬼臉。

　　「真慘，原來你只是需要我當你的導遊。」

　　「是一個引領我人生及將來的導遊。」她笑著糾正。

　　「這麼責任重大嗎？」

　　「你……不願意嗎？」她的眼神裡，又帶著那麼一點，鑑貌辨色的觀察。

　　「當然願意，很願意。」我拉起她的手，堅定地說：「記得我跟你約定了嗎，只要你願意，我會一直在你身邊陪你、守護你，與你甘苦與共，以後我們只會比現在更快樂，一切都一定會好起來的……你記得嗎？」

　　「當然記得。」她微微低下頭，笑著說：「我又怎可能不記得。所以，我才會這麼相信，只要我們繼續在一起，就沒有什麼再值得害怕了。」

　　「是的，沒有什麼值得害怕……」

　　然後，我把剩下的銅鑼燒一口吃掉，她卻大聲嚷了起來：「你怎麼把它都吃完了啊！明明是今天店裡的最後一個！我下次要等到什麼時候才可以再吃得到啊？」

　　「……你不是剛剛才說，沒什麼好怕的嗎？」

—…—…—

　　和頌怡在一起，即使不是所有事情都順利無阻，都能安然無恙，但是每次見面，我們都會快樂地笑，都可以自在地做回自己。

　　漸漸，她越來越少對我說，你喜歡吧、你喜歡的我就會喜歡，她開始會表現出有自己的選擇，開始會向我推薦，她自己的喜好。

　　漸漸，她跟我相處的時候，再沒有最初的那樣拘謹，她是真的在享受我們之間的交流、感情互通，而不是只會想著怎樣在對方面前做到最好。

　　漸漸，我不用再想著如何讓她更勇敢地表達自己，有時是她反過來，想更了解及關心我的想法與感受，想知道對方更多過去的生活，然後希望能夠更確切地握緊對方的手，一起笑著走向未來。

　　漸漸，我開始不會再想起，在她決定跟我在一起之前，她的心裡，其實仍然忘不了某一個人……

—…—…—

　　「要兩客 Set Dinner。」

　　「一份要 A 餐，嗯，醬烤羊排，配薯泥。」

　　「另一份要 C 餐，配飯。」

　　「一個紅湯，另一個白湯。」

　　「飲料……」我望一望頌怡，見她沒有反應，於是跟服務生說：「我們待會再叫。」

　　服務生寫好單，然後就走開了，不再阻礙顧客進食、談心。但我卻有點希望服務生繼續待下去，如果服務生仍在發問的話，氣氛就不會那麼僵了，兩人之間的距離，也不會看似這般遼遠。

可是，這頓晚餐的主角，始終就是只有我們兩個人。

「昨天我媽說，希望你下星期三晚上來吃飯。」我終於想起這個話題。

她喝著湯，像點了點頭，但沒有答話。

「那晚我們會外出吃飯……」我提起湯匙，留意著她的神情。「或許到時還會有大伯跟姑媽他們。」

「又是他們。」她終於開口，苦笑：「我還可以說不去嗎？」

聽到她這樣說，我再也不敢開口。

—…—…—…—

和頌怡在一起快要三年。

畢業後，我們順利地找到了工作，在同間公司上班，雖然不同部門，但這也有一點好處，就是大家可以在不太遠的距離，繼續同步前進。

每天下班，我們都會碰一碰面，或偶爾一起吃晚飯，然後我就會送她回家。到了假日，我們會一起出遊，或有時上對方的家，與對方家人一起喝茶、談天說笑。

原本我們也有計劃，在什麼時候要成家立室。

「哼，我就一定要嫁給你嗎？」

「你不想嫁，那你搜集那麼多結婚博覽的宣傳 DM 做什麼？」

她臉上一紅，笑道：「我只是幫人搜集資料而已。」

「幫誰呢？」

「幫你。」

「幫我？」我奇道。

然後她又臉上一紅，我突然明白了她的意思，一點幸福感，在心裡靜靜地蔓延開來。

後來，我們去了幾次結婚博覽展，也問了一些已婚朋友關於籌辦婚禮的事宜、汲取相關經驗；後來，我偷偷地買好了求婚戒指，準備在她下次生日的時候，向她求婚；只是後來……

原本應該可以一直順利走下去的路，忽然變得與之前不再一樣。

—…—…—…—

隨著經驗累積，工作上要負責的事項越來越多，我與頌怡的生活也變得比以前繁忙，再也未必可以像以前般，每天晚上都能夠見面，只是每星期的假日我們都依然會和對方約會，彷彿跟從前沒有太多分別。

只是，她跟家人在相處方面，反而越來越多摩擦。

或許是因為，過去二十多年來，頌怡一直太壓抑自己，如今她開始會敢於表達自己的想法，甚至是，拒絕接受父母給她的無理要求，再不會逆來順受。

只是身邊的人，未必可以適應得來她的這一種轉變。例如她的父母，比我們大三十歲，我想一時之間要求他們轉變已經習慣了二十多年的相處方式，也不是一件容易的事。

本來，最初也只是一點小摩擦，就像是遲來的反叛期，頌怡希望能夠有多點自主，但父母會覺得她比以前放任。她希望不再受到管束，但父母卻始終對她有很高的要求，例如要給剛畢業的妹妹做一個好榜樣，例如要她定時定候交代自己當天去了什麼地方、會在什麼時候回家，例如會要求她不准出外過夜、不准與朋友聚會去得太晚……

是一種過度保護的管束，又或者是對兒女的一種控制吧，只是妹妹卻不會受到這一種對待。頌怡不想再接受這種不公平的情況，偶爾會對父母做出沉默的反抗，但基本上只是一些比較小的摩擦。

但是，我們兩人打算結婚，就變成了一條引爆的導火線。

我們都希望，如果真的結婚，到時婚禮只要簡簡單單就好，不用大排筵席，不用豪華隆重，如果可以，就只是請我們兩家人比較親近的親友吃一餐豐盛的晚飯，一起慶祝、開心地度過一晚，其實就已經很足夠。

我的父母在這方面沒有太多意見。但頌怡的父母希望能夠依照傳統，一輩子第一次嫁女兒，一定要宴請他們認識的所有親戚與朋友，而且結婚的儀式也希望能夠做足，除了三書六禮、酒席、禮金、賀帖、禮服以至喜餅都各有要求……問題是，其實我們還沒有正式決定結婚，但頌怡所接收到的意見甚至命令，已經令她吃不消。

每次她和我談起這些煩惱，我也不知道應該怎樣勸說才好。

「家和萬事興，忍一時風平浪靜，退一步海闊天空。」

「我已經一直不作聲，但他們根本不了解我。」

「或者再跟他們談一談？」

「還可以怎樣談？每次我一開口，他們就只會責備我不識大體、不顧及他們的感受。」

「或者可以各讓一步？其實我不介意……」

「為什麼要我們去讓呢？結婚是我們的事，我尊重他們，但也不應該所有意見都要聽他們的呀。自小我就已經一直按照他們的意思、聽他們的話了，為什麼他們不可以也了解一下我的想法與需要？」

「也是……怎樣都好，希望你們能夠心平氣和一點溝通。」

「那不如請他們先不要每次都給我臉色看。」

「嗯……」

——…——…——…——

或許，頌怡是真的不想再委屈自己，所以反應也變得比以前強烈吧。

有時去她家吃晚餐，都會感受到她跟父母的不和。她的爸爸會對我客氣地談天說笑，但就完全無視她的存在，不會講話，彼此也像是不願有半點眼神交流，氣氛有點尷尬。

漸漸，她開始減少邀請我到家裡吃飯。

也是從那時候開始，我們的話題，漸漸變得越來越少。

不是沒有話說，只是不知為何，沒有了以前的感覺；每一件事情，總是不會說得很深入，通常就只是表面的交代了，不會像從前一樣，會就著哪一件事而延伸更多話題，不管是與原本的事情有沒有關係，但至少我們是談得盡興。

至少，不會就只是「嗯」、「是嗎」、「哦」、「好呀」來作結。

也許，她只是一時感到累了。

也許，我們都只是工作比較忙吧。

我們各自都升職了，要負責的事情越來越多，從前是新人，漸漸也有自己的下屬、要去管理要去計劃要看得更遠。偶爾，我開始要出差到外地視察，假期也不能和她見面。偶爾，她要在假日跟上司出外應酬，我們連講電話的時間也沒有。

偶爾，終於可以碰面了，我們依然會表現得很開心、捨不得再與對方分開。

偶爾，我們會不作聲，怕會提到不想談的話題，怕自己的回答，會讓對方想得太多、會生氣或不安……

———…———…———…———

仍記得那一次家庭聚會裡，頌怡的表情。

起因是，不知是大伯還是姑媽開始，這樣子對我們笑問：「你倆何時會結婚呢？大家都等著喝你們的喜酒呀。」

我知道，這種情況雖然「古老」，卻是中國人社會裡常見的事。不遠處的母親聽到了，雖然仍在微笑著，但我知道，她的神色也在一瞬間變得嚴肅起來。只是，頌怡會怎麼想呢？

只見到，頌怡的笑臉，有一瞬間凝住，有一點點的皺眉。

其實結婚這一個問題，自從她的父母與她各自堅持己見之後，我們便變得很少去談及；我不想讓她不開心，又或是，我不想讓她對我生氣。

因為，最後一定不會找到一個讓她與父母都開心的共識，因為最後，她會覺我越來越不了解她的想法……

身邊的一些朋友，都已經準備結婚了；有些人在一起一年了，就已決定要在明年結婚。自己跟她在一起已經三年，感情一直穩定地發展，我們也有一點積蓄，但如今結婚這個議題，卻成了我們不能跨越的一個障礙……

即使，我是已經準備好。即使，就只差我去求婚、等她說一聲願意……

「還沒存夠錢，明年再說吧。」我這樣笑答。大伯他們似乎對這個答案不甚滿意，都露出失望的表情，母親那邊更是一副「吾不欲觀之矣」的樣子。

我只好別過頭，不看他們，也不敢看頌怡。

我不知道，她如今還是否願意嫁給我。

我只知道，那一次的聚會，平時愛笑的她，笑得有點勉強。

—…—…—…—

這樣的情況，漸漸變得越來越常見。

頌怡開始對我失去耐性，又或者其實是，感覺吧⋯⋯

例如情人節那天，我其實是一個人度過。那天，她剛好有工作要忙，我原本訂了餐廳跟她慶祝，她知道後，向我苦笑了一下，對我說：

「如果情人節外出吃飯要那麼花錢的話，倒不如不要慶祝好了。平時只要幾百塊的晚餐，竟然可以多收六七倍的價錢，而且食物又不是多好吃，我覺得還是留著存下會更好；再不然另找別的時候慶祝，也行。」

「是的，你說得對。」我有點高興自己的女友會為我這樣打算，但心裡也有點意外她這樣客觀理智。我又問：「那麼，你⋯⋯你想收到什麼花？」

她白了我一眼：「幾百元的鮮花能放上多久呢？」

結果，情人節那天我最後沒有送她鮮花，也沒有送上禮物。雖然，禮物我早已買好了⋯⋯

記得第一年的情人節時，雖然我們沒有隆重地慶祝，但我還是送了她一束花，再加上我親手製作的禮物，我希望能夠讓她有被重視的感覺。

結果那一年，我們在交換了情人節禮物、在我送的玫瑰與她自家製作的苦澀巧克力陪伴之下，甜蜜地度過了第一個情人節。

第二個情人節，我們去了第二次東京旅行。就是從那一次起，我們心裡開始有了結婚的念頭。

但一年之後，我們卻開始變得不需要去特別慶祝情人節。

是因為我們已經踏入傳說中的細水長流，還是，我們其實已經開始變得無話可說⋯⋯

「你還是看不到喜歡的嗎？」在服裝店裡，她拿起一件襯衫，問我：「這一件不好嗎？」

「這件襯衫顏色好花。」我回答，她雖然依然在笑，但眼裡已流露著一點疲倦；可是我這次不想妥協。「我們再看看其他的吧。」

「跟你看了這麼多間店,怎麼你都是挑不到。」她嘆氣,放下那一件襯衫,又說:「再這樣下去,我就送不到情人節禮物給你了。」

我看著她,笑,只能笑。

然後再在那不合心意的衣櫥當中,繼續佯裝找下去。

我不想勉強她,但我也不想妥協。

其實只是一份情人節禮物,其實只是一個人為的節日。真的沒必要如此執著,真的沒必要讓彼此都太過介意。

但還是會忍不住想。

是從什麼時候開始,會讓她變得不再在意我。

是從什麼時候開始,她開始會忘記了我的喜好。

是從什麼時候開始,我們的步伐竟然這樣錯開了。

是從什麼時候開始,說再多的話也無法讓兩人交心。

是從什麼時候開始,明明就在對方身邊但仍覺得寂寞。

是從什麼時候開始,寧願禮貌地牽手也不要及時地擁抱。

是從什麼時候開始,就只能夠在她的眼裡找到無奈與疲累。

是從什麼時候開始,我竟然也失去了,繼續微笑與相信下去的力氣……

—…—…—…—

「你都不明白我。」

「沒關係,我可以遷就你,你想怎樣,你可以告訴我,我會去改。」

「我不是要你單方面遷就我,我是希望你明白我。」

「我有用心地去了解、去想的,你告訴我就可以了。」

「我告訴你,你努力去配合、去改變,但那又是你真的了解、真的想

這樣做嗎？」

「我不明白……只要能夠讓你開心，我都願意嘗試的。」

「但總有一天，當你始終做不到，你也會筋疲力竭，你也會心灰意冷的，你知道嗎？」

「但你記得嗎，只要我們繼續在一起，我們一定會好起來的，你記得嗎？」

「……」

「只要我們仍然在對方身邊，只要我們給彼此多一點時間相處……」

說到這裡，她吻住我，不讓我說下去，也及時止住了，我的淚水。

那天晚上，她一直都倚在我的身邊，一直牽著我的手，不願放開，捨不得說再見。

只是第二天醒來，我在她的臉上，還是再見到那一個疲倦的笑容。

——…——…——…——

晚餐後，我與她在街上散步。

其實，我不想散步，正確來說，我不想兩個人漫無目的地在街上到處逛。

可是，我不知道還可以跟她做什麼……

她不愛逛街，或者應該說，最近她不喜歡跟我逛街。

她不愛唱 KTV，也不愛看電影。

到書店看書，其實就跟獨自去書店沒有分別。

到咖啡或甜點店閒坐，又怕會再出現晚飯時的沉默情況。

其實，我知道，就算我說去哪裡，她都會說，無所謂，真的無所謂。

就像最初認識她時一樣，別人的提議，她都會說好……

有時會很懷念，最初跟她在一起的時候，我們最有默契、最心靈相通的時候。

那時候，下課後，我們去過很多餐廳。為著某個同學的生日，我們一起逛過很多商場，只為了挑一份合適的禮物，只為了希望能夠和對方一同經歷更多。在咖啡店裡，她會對我分享最近看過什麼小說，她說她最喜歡看林詠琛的魔幻小說，我說我就只會看網路上某個作者的短篇小說及散文。

然後，她的喜好漸漸變成了我的收藏，我的喜好漸漸變成了她定期上網追看的習慣。我還記得，她唱 KTV 時的歌聲很可愛，我記得她喝酒時的模樣，我記得她笑的表情，她的臉紅，她的迷人。

那時候，兩人之間彷彿真的很有默契，我還是像最初那樣相信，只要可以與她在一起，我們都一定會快樂的；只要她喜歡我，我一定會給她最大的幸福。

只是來到此刻，我牽著她的手，我不知道如何才可以讓她歡喜。

我看著她，她看著前方，我想問，被我牽著的她，會覺得歡喜嗎？會有一點幸福的感覺嗎？

但問了，又可以如何。

然後，她的手機響起，她從口袋中掏出，按鍵接聽。

然後我聽到了，她跟對方通話時的聲音。

然後我終於看到，她快樂笑著的表情……

那是曾經讓我心牽動的畫面。

—…—…—…—

夜深，我如常地送她回家。

曾經剛適的時間

來到她家門前，她掏出鑰匙，轉過身，對我一笑，揮揮手，然後把鑰匙插進門孔裡。

我默默笑著，默默看著，心想，這一晚，就如此完結了；這一次約會，就如此完結了；這一次，就如此……

忽然，我抓住了她的手。

她回頭，露出了詢問的眼神。

就只有詢問的眼神。

我笑了，笑得寬容，放開手，對她說「拜拜」，然後就離開她的門前，離開她所住的大廈。

走在街上，我回想起她的一切，回想起跟她如何認識、跟她如何發展、又如何轉淡……

我知道，她其實是想跟我分手，我知道的。

從她的眼神裡，開始會對我厭倦，開始會因為我不夠了解她，表現出對我的生氣，還有不想生氣而換來的嘆息，以及吸氣……我知道的；只是一直以來，我們的關係都太穩定，我們都太熟悉及習慣對方的一切，讓一切都變得難以分割，也讓她始終下不了任何決定。

而此刻的我們，感覺仍是如此地安然，大家都仍然很努力去保持這個平衡，不要吵架，不要抱怨，不要放棄，不要讓自己的不安與失去信心，去破壞一直延續至今的和諧與堅持……

即使其實，我們已經失去了抱緊對方的勇氣，已經欠缺了相信明天會好轉的力氣。

在經過一次又一次，今天忽然很親密，彷彿可以回復到從前的甜蜜，但到了第二天，那種隔閡那種冷淡，又會重新蔓延；當我靠近，她會退後，當我苦笑，她會別過臉去……我就知道，其實，她只是在勉強自己，繼續跟我交往下去。其實，我們都是在勉強自己撐下去，期望對方有天忽

然會醒覺，找到讓彼此再變回從前的方法，期望哪天，我們能遇到奇蹟，可以和好如初，可以再繼續好好地戀愛下去……

只是有時候，還是會累。有時候，我會開始猶豫，是否應該發短訊，讓她知道我很累，一直希望讓她快樂、一直承受她的冷淡與嘆息，讓我感到自己像是一直在討好她，讓我覺得，自己已經變得過分卑微……

然後，當我看見，她累了，而我竟然也會猶豫，是否應該主動去關心，怕她會感到厭煩，怕她已經不再需要我，怕她在夜深裡手機短訊裡的一直在線，是因為她已經另外找到一個更了解她的人，是因為她已經找到一個，更加對的誰……

也許，她沒有離開，只是因為捨不得；而我也一樣，又怎會捨得。

但路的盡頭會是如何，我真的看不清，也預料不了……

或者有天她會嫁給我，或者有天我們會終於分開。

而此時此刻，我只能如常繼續做好我的角色，繼續對她微笑、做好我的男朋友角色，繼續努力愛著，這一個我最愛的女朋友……

—…—…—…—

直到有天，她喜歡了另一個人為止。

曾經
對過的
你

Chapter 05 李心潔

2013.

有些界線，一旦越過了，就是以後的不會再見。

試過這樣嗎，將心意寫在短訊裡，
但對方就只是已讀不回，猶如石沉大海……
又或是，直接向對方說出自己的感受，
對方始終沒有回應，甚至從此疏遠你，
彷彿你是一個絕症帶原者，
彷彿你是一個不幸的存在……

原來，自己喜歡上一個人，
是會如此令人不快的。
原來我喜歡你，但你不喜歡我，
是會令自己變得如此卑微。
還是，我真的那麼配你不起？
還是，自己根本沒有去喜歡人的資格……

其實，你只不過是希望，
聽到對方一個認真的回應而已。

漸漸地，我們開始不會承認，
自己單戀著某一個人。
漸漸地，我們甚至開始學會，
不讓自己去交出真心。
倒不如順其自然，隨遇而安。
倒不如，別太認真。

只是有時候，有些人，
我們還是會好想認真勇敢一次，
想要讓對方明白，自己那點卑微的心意。

為的，並不是想得到他的喜歡，
而是希望可以讓自己，重新開始。

「單戀一個人、只在暗地裡喜歡一個人……本身是否就是代表著不幸？」

本來對著鏡子在補妝的凌兒，從鏡裡看了我一眼，眼神帶著點奇怪。過了一會，她說：「如果喜歡一個人就是代表著不幸，那為什麼每天都仍然有這麼多人在沉迷戀愛呢？」

「因為那些人相信，自己有機會跟喜歡的人在一起嘛。」我微微苦笑了一下，關上水龍頭，拿出紙巾擦手，又說：「我是指，那些只能夠單戀、暗地喜歡另一個人的人。」

凌兒轉過頭來，看著我失笑說：「咦，你終於對戀愛感到興趣了嗎？」

我搖搖頭，對她說：「我只是看了一本小說，有感而發而已。」

凌兒饒有深意地看著我，讓我有點不自在，她說：「單戀嘛，也不一定只是不幸，如果所有單戀的人，都只能得到這一種結果，那麼這個世界，就未免太過灰暗與寂寞了。」

我努力咀嚼著她話中的含意，她收好化妝盒，對著鏡子看了一下，忽然又對我說：「而且，即使相戀，也不代表就可以得到幸福。」

「你覺得現在不幸福嗎？」

凌兒沒有回答，只是轉頭向我微微笑了一下，但彷彿也帶著一點無奈。我們走出洗手間，只見她的男朋友仲衡仍然在外面等候著，然後凌兒的臉上，展現出最漂亮自然的笑容。

—…—…—…—

大學畢業之後，我與凌兒兩個女生，來到現在這家公司一起工作。

凌兒現在是市場部的主管，而我是在客戶服務部裡工作。

我們公司是做一些智慧型手機設備配件，創立只有幾年，雖然規模小，薪水也是偏低，但是老闆待我們員工相當友善，而且公司可以發揮的

空間相當大，有機會讓我們一邊汲取經驗、一邊去做一些自己想做的事。

公司裡的人數不多，沒有大集團的企業文化與人事是非，大家平日相處像是家人一樣，和睦融洽、互相照顧，假期時經常會相約一起去爬山、吃飯、烤肉等聯誼，我很喜歡這樣的氣氛，尤其當聽見別的朋友分享他們公司的地獄生活時，我就無比感恩能夠遇上這一群善良的同事們，可以跟他們一起工作，可以在這種環境裡學習成長，其實真的是一種福氣。

本來，我以為自己會一直在這裡工作下去，不會捨得離開這一間公司。

直到那天，Anthony 來到這間公司，並成為了我的同事。

———…———…———…———

客戶服務部的工作，顧名思義，就是與客戶相關。

不論是否已經成為顧客，只要對產品及我們的服務有任何查詢、疑問或意見等等，我們都會盡力給予相關的資訊及協助，希望能夠讓客人在使用我們的產品時能夠擁有更好的體驗、更加得心應手。

客人通常會用 Email 或電話方式查詢，而我們部門三個同事，就分工合作各種回覆。

還記得最初的時候，公司的產品尚未正式推出，每天來電查詢的人並不多，有時實在太空閒，我們還可以去市場部幫忙，分擔宣傳的工作。產品推出後，銷售量節節上升，每天的查詢亦開始增加，但大致上還是應付得了，而且我們的經驗也不斷累積，處理查詢的效率也跟著提升，所以即使是變得比以前要忙碌，我們還是遊刃有餘。

只是去年秋天，公司推出了一個實驗性的手機程式，讓客人可以透過手機來繳交帳單、轉帳；市面上當時並沒有太多類似的程式，所以不少人

也下載使用，只是因為還只是實驗階段，程式難免會有不完善的地方，每天都有不少人致電來查問使用時的各種疑問、安裝問題，甚至是為何未能順利完成交易。

同時間，我們的工程師也希望能夠獲得更多客人的意見及使用體驗，好讓程式變得更盡善盡美。因此從去年開始，客戶服務部的工作越來越繁重，加班已經變成是稀鬆平常的事，下班後接聽客人的緊急來電查詢，變成了我們不想體驗、但又必須要處理的新挑戰。

只是我們能力再好，還是會有極限。最後經過我們三番四次的請求與抗議，善良但孤寒的老闆終於答應另外增聘三個人手。Anthony 就是從那時開始加入我們公司。

最初，他是新人，由我來負責帶他。第一天上班，他的表現已經比起其他人都要好。

「你以前做過客戶服務業嗎？」我問 Anthony。

他微微點頭，說：「以前在電信公司做過暑期工。」

「啊，原來是闖過木人巷。」眾所周知，電信公司的工作量絕對不輕。

「其實只有很短時間。」

他回答的語氣，很親切，但也給人一種拒人千里的感覺……

「還有不明白的地方嗎？」我問他。

「暫時沒有……我可以嘗試接聽客人的來電嗎？」

我心裡有點意外，以為他還需要一點時間熟悉系統。我笑說：「好呀，我在旁邊協助你。」

———…—…—…—

客戶服務員，主要職責是負責回答客人的查詢。只是客戶服務員，也

有分很多種。

有一種，是盡心盡力去幫助客人的，即使被客人怎麼責罵，即使過程如何麻煩，也是會以幫助客人解決問題為首要目的。

有一種，就會盡量避免讓問題上身，通常在問題出現、或意識到可能有麻煩出現之前，就用漂亮的說話技術，將問題帶過去，或是讓客人忘記了本來最想問的問題——但有時這樣做會弄巧成拙，尤其當客人有天記起了問題、也記起了你原來沒有幫他的忙；所以用這種方式來回答客人，比較資深的客戶服務員就應該會預留一手準備，在客人有天回來找你時給予他一個一定滿意的解決方法。

而最不好的一種，就是只想盡快打發客人，而隨便回答客人的詢問，甚至是胡亂答應客人的要求。

Anthony 對待客人的方式，通常都是先耐心傾聽客人的提問，找到重點之後，就立即回答客人想要的答案，簡單直接，從不會讓客人等得太久，盡量避免挑起客人不滿的情緒。他的聲線很溫柔，會令人安心及願意細聽下去。真要說有什麼不足的話，就是他的回覆有時略嫌客套，或許會讓一些人有一種虛假的感覺。

一星期後，Anthony 基本上已經可以獨立處理各種問題，而其他的新同事，仍需要別人的看顧。不知為何，我心裡竟有一點點失落。

有時候，他仍然會走到我的位子來，向我請教一些手機產品的使用方法、或是分享他使用程式時遇到的問題，他從來都不會去問別人，但我知道他只是想給我一種尊重的感覺。

他跟其他同事都相處得很好，市場部與營業部的同事，不時在工作空檔走過來找他聊天，或是一起相約去吃午餐。他的話不多，但往往能夠切中要點，發掘一些意料之外的趣味，令人如沐春風。

只是有時候，他還是會給人一種難以接近的感覺。

不是他會拒人千里，只是偶爾會覺得，他眼裡看著的地方，跟我們眼前所注視著的地方，是有一點兒微妙的不同。

偶爾經過他的位子時，我會開口問他。

「唔，沒什麼。」他總是會自然地泛起笑容，讓雙眼的焦點，從回憶的世界裡回到眼前的現實。「我在想著，待會如何跟客人解釋他的查詢而已。」

「看你想得那麼入神。」

而我，也總是回他一個看似隨意的笑臉，然後就這樣走開。

不想讓他發現，我對他的注意。

不想讓自己承認，有一些感情，已經在悄悄地萌芽。

—…—…—…—

每一次，當我遇到喜歡的對象，到最後總是會變成無疾而終。

中學時，曾經喜歡過坐在隔壁的一個同學，大家同班了五年，但是我們平時始終沒有太多交談。

也許那時候年紀還小，對感情事也懵懵懂懂，不敢肯定，這是否就是認真的喜歡，還是不過一種感到安心的習慣，只要看到他在，就已經覺得很滿足。只要能夠繼續默默喜歡、默默想念，偶爾談一句話、問候一下，就已經足夠了。

直到有天，我無意中在校園發現，那個男生牽著另一位女同學；自此之後，我就沒有再讓自己主動去與他談話，甚至，我開始單方面地，一點

一點去疏遠對方。

　　是我膽怯吧，始終不會相信，對方也有可能會喜歡自己。

　　每次只要發現，對方原來已經心有所屬，我心裡就會跟自己說，看，我不是早就說了嗎，幸好沒有踏前一步，幸好沒有讓對方知道自己的情感，幸好之後還能夠繼續裝作如常，幸好我還是可以在他不會回望的角落，全心全意地、自在輕鬆地，一直單戀下去、思念下去，直到有天將這份感情昇華成無名分的一點回憶……

　　幸好。

　　—…—…—…—

　　偶爾，下班後，我與 Anthony 會一起離開公司，去搭地鐵回家。

　　偶爾，我們會在車程之中，談起彼此的生活，還有各種各樣瑣碎事兒。

　　「原來你在英國留學過嗎？」

　　「看不出來吧。」他微微笑了一下，又說：「其實也只去了兩年。」

　　「為什麼只去了兩年？」通常在英國留學，至少需要三年以上。

　　「嗯，因為家父身體不好，家裡很多事情需要有人處理，所以就提早回來。」

　　「嗯，原來如此。」我微微頓了一下，想著應該如何措辭，然後問他：「那麼，你父親現在的身體有變好一點嗎？」

　　「託福，他現在還過得滿寫意自在，謝謝你。」然後，他又溫柔地對我微笑一下。

　　只是不知為何，每次看到他的這一種微笑，聽著他溫柔地輕描淡寫，心裡還是會隱隱然感到一點刺痛。

　　也許是因為，我從其他同事的口中聽說，他的父親罹患了重症，因此

每天下班後，他都會立即回到家裡，幫忙母親處理家務、照料患病的父親。我相信，絕對不會是一件輕鬆的事情。

「英國那邊的生活是怎樣的？」我微笑問。

「唔……其實我沒有去過太多地方，通常都是留在倫敦。倫敦的建築很有格調，泰晤士河、牛津大學、溫莎堡都有著很濃厚的文化氣息，如果可以，真想對它們有更深入的了解。」

「聽起來很像不錯呢。」

「你想去英國嗎？」他看著我微笑。

「我只是想出國。」我微微苦笑。

「有想去的地方嗎？」

「沒特別想去的地方，只是我從來沒有離開過這裡，沒有看過其他的城市與世界，所以偶爾還是會希望能夠往外闖一闖。」

「去一趟短短的旅行也可以啊。」

「但總是沒有時間，也沒有足夠的假期。」我們公司的有薪假期，每年就只有十天，不像別的公司有十二天或更多，並且會隨著年資而遞增。

他輕輕地笑了一下，看著我說：「去旅行啊，需要的不是假期，而是實行的決心呢。」

「決心嗎，看來我真的欠缺了一點決心。總是會首先擔心，去旅行要花錢，但我還要償還大學的學貸，也有其他的事情要做；而且如果我去旅行了，那公司的工作就可能沒有人負責，到時可能會麻煩到別人，那就不好。」

「你的確是擔心得太多了。公司的存在，就是集合一群努力工作的人，讓大家可以互相幫忙、一起分擔各種辛勞，然後成就彼此的理想與未來啊。」他頓了一下，又輕輕地說下去：「如果連偶爾任性一下都不可以，我們又如何更堅定地走得更遠。」

我細細咀嚼他的話，過了一會，我說：「謝謝你，你真的很懂得鼓勵別人呢。」

他輕輕搖頭，說：「只是太習慣自我鼓勵而已。」

我不知道他這一句話，有多少真實。但我是真的這樣覺得，他說的話，總是能夠輕易地打動到我。

總是能夠，輕易擾動我內心一直想保持的平衡。

——…—…—…—

人越大，勇氣與決心，有時反而變得越來越渺小。

就好像，喜歡一個人，但我們反而不會想要讓對方知道。

是因為怕痛嗎？是因為怯於開口嗎？

不敢去交心，不敢向對方認真表達自己的感情，反而用各種似是而非的方式，來期望對方也會喜歡自己。

大學一年級的時候，曾經試過跟另一個人曖昧起來。

最初，就只是覺得對方是一個談得來的同學。

漸漸，說話會變成習慣，相聚會變成自然，我們走得越來越近。

但到了某一天，當其中一方希望得到比曖昧更多的快樂、比朋友更多的位置，這份曖昧，就自然無法再用友誼長存來延續或掩飾下去。

只是，你希望如此，並不等於對方也會跟你有一樣的想法，一樣的感覺。

原來，你把對方當作一個朋友來交往、來喜歡，但對方卻可能只是把你當作一個曖昧的對象，當甜蜜有天終於消耗殆盡，當對方就只願意用逃避來代替回應，你就會發現，這份你如此重視的曖昧，原來並不能夠在對方內心佔上任何重要的位置。

有試過，空等電話回覆的心情嗎？

有試過，信寄了後你在約定的地點等對方，對方卻沒有來？

有試過，傳出一個短訊後，對方最終沒有回應，甚至是見面時都沒有提到半句嗎？

你知道，對方一定有看到自己的心意。

甚至有時候，你是直接跟對方說出了的。

但對方卻如沒事人一樣，之後如往常般跟自己說話玩笑，沒有回應自己。

又甚至更多時候，對方會從此將自己隔離，彷彿你是一個絕症帶原者。

究竟是怎麼一回事？

原來，自己喜歡上一個人，是會如此令人不快的。

原來，我喜歡你，你不喜歡我，是會令自己變得如此卑微。

是我真的那麼配不起你還是，自己根本沒有去喜歡人的資格……

漸漸地，我們開始學會，不去承認自己單戀。

漸漸地，我們甚至開始學會，不讓自己去談戀愛。

倒不如，順其自然、隨遇而安。

倒不如，別太認真。

——…——…——…——

很久以後，某一天，我突然心血來潮，突然不知哪裡來的勇氣，我打電話給那個男生，純粹想關心一下他的近況。

他接聽後，有點愕然，問我為什麼要打給他，像是不相信我只是一時心血來潮，然後我們匆匆聊了幾句，再也掩蓋不了他想掛線的企圖。

那時候我才懂得後悔，以前為什麼，我們始終沒有好好地與對方坦白交心。

星期天，我們客戶服務部與市場部的同事，一行十二人，去了南丫島爬山。

Anthony 平時很少出席我們的假日活動，因為他總是有家事要忙。但這次難得地他也願意出席，因此本來對爬山沒啥興趣的我，也立即報名參加。

我們坐船去到南丫島的索罟灣，Anthony 像是對當地很熟悉，跟我們介紹可以走哪一條山路、大約需要走多久時間、哪裡會有洗手間還有哪裡可以休息，然後他就領著大伙兒前行，猶如一個稱職的領隊。

只是偶爾，他會一個人悄悄地落後，或是當我們找到地方休息一會時，他會獨自佇立在山邊，看著遠方的大海出神。

我不知道，他是帶著怎樣的心情，去與回憶遙遠對望。

但，是的，我知道，每次當他突然出神，每次他的目光，放在離我很遙遠很遙遠的另一個世界時，我就可以肯定，在那一個世界裡，還有著一個他仍然會掛念的人。

還有著一個，只能夠突然想念，但不會再重來的誰。

這種心情，我曾經也感受過，也太清楚。

「要喝水嗎？」

凌兒的男朋友仲衡，伸手向我遞來一罐礦泉水。我道謝接過，喝了一口水，問他：「凌兒呢，你不是跟她在一起嗎？」

仲衡並非我們公司的職員，但因為凌兒的關係，他經常都會來參加我們公司的員工活動；久而久之，他都幾乎要變成我們公司活動裡的重要一員。

「她在那邊跟同事們拍照。」

仲衡用手指著遠處，只見凌兒正在一個人玩手機。

我問仲衡：「你……不過去陪她？」

仲衡卻苦笑一下，沒有回答。

我與凌兒在大學時認識，當時她已經與仲衡在談戀愛。

仲衡是一個很有風度的男生，對凌兒一直都很好，據說他們在小學已經認識，是傳說中的青梅竹馬，對我來說卻是一種難以想像的情況。他們的感情很好，是大家都羨慕的一對，而對我來說，他們更是很善良的朋友，懂得體貼照顧別人的感受。

有時我覺得寂寞，想找凌兒陪我聊天或逛街，仲衡從不會反對，或是容許我做電燈泡、與他們三人行；漸漸仲衡也成為我其中一個重要的朋友，真希望他們可以一直順利地走下去，然後到老白頭。

只是近來，他與凌兒的關係，卻像是有一點窒礙……

「你們最近……」

「嗯？」

「還是沒事了。」

我對仲衡微微笑了一下，又看了看仍然站在遠處的 Anthony 一眼。過了一會，我問仲衡：「你之前有來過南丫島嗎？」

「小時候有來過，已經很久沒有來了。」說完，他往 Anthony 的方向看過去，然後對我古怪地微笑了一下。

「什麼事啊」我想我的臉上應該有點紅。

「你喜歡他嗎」仲衡笑著問。

我不知道應該怎麼回答。

「喜歡對方，應該要努力讓對方知道啊。」

「但如果對方不喜歡你呢？」我問。

「這是最不幸的情況啊。」仲衡呼了一口氣，續說：「但是喜歡一個人，

除了希望可以得到對方的喜歡，最重要的，是要讓對方知道自己的心意呢。」

「知道了，又能夠如何，可能對方本來就不喜歡自己，可能對方也不想理會自己……」

「也可能，並不是這樣的結果呢。」仲衡搔一搔頭，忽然有點尷尬地看著我，然後笑著對我說：「告訴你一件糗事。」

「是怎樣的糗事呢？」我笑問。

「中學的時候，我曾經試過喜歡一個同班的女生。」

「不是凌兒嗎？」我吐吐舌頭。

「那時我們不同班。」他也吐吐舌，然後繼續說：「有一次，我心裡不知何來一股勇氣，去跟那個女同學表白。那個女同學在聽到後，一直都沒有回應，後來卻約我在放學後，一起搭車回家。我從未試過跟她一起回家。在巴士裡，我們都找不到位子坐下來，她就站在我身旁，努力捉著把手保持平衡，也努力地跟我解釋，她不喜歡我的原因。」

「咦，原來她不喜歡你嗎？」

仲衡笑笑搖頭，我繼續說：「我還以為，她是喜歡你，才會叫你一起回家呢。」

「哈哈，那時候，我反而沒有這麼想。」

仲衡輕輕嘆一口氣，繼續說下去：「在巴士上，女同學不停跟我解釋為什麼不喜歡我。她說，她本身已有一個喜歡的人。她說，她喜歡的那個人，姓雷，比她大兩歲。但是那一個人似乎不喜歡她，但是她仍是要喜歡那一個人。所以，她告訴我，真的不能夠喜歡我。最後，她對我說對不起，但不知為何，我心裡感到一陣溫暖，原本應該為失戀感到傷心的我，卻忍不住對她微笑起來了。」

「那個女同學……」我心裡有點透不過氣，因為實在料想不到，那個女

同學竟然如此認真。「其實她大可以就這樣拒絕你，告訴你不喜歡你，甚至避開你、不理睬你，也沒有必要將她自己的單戀對象，都告訴你吧。」

「是啊，不過我後來有時回想，也許她是因為看到我這麼認真地表白，所以她才會用如此認真的態度，來讓我知道她的想法與心意吧。想想，如果我就像一些人、或是現代流行的，只是用手機短訊來表白，那麼或許，她也只會給我一個已讀、或是只會在短訊裡簡短地說三個字，然後就從此不再聯繫吧。」

我默默地想著仲衡說的話，過了好一會好一會，我問他：「如果那時候，女同學最後是完全不理會你的表白呢？」

仲衡抬頭想了一下，笑說：「可能我會更快死心，然後更快地喜歡宋凌兒吧。」

「你真的很勇敢呢。」我莞爾。

「畢竟，一天不去面對自己的感情，到最後那點感情也會轉化成後悔與遺憾，然後讓將來的自己一直留戀、一直卻步不前吧。而且，你以為，只有表白的人才需要勇氣嗎？」仲衡看著我，原本笑著的雙眼，忽然帶著一點無可奈何。他望向遠方仍在看著手機的凌兒，輕輕地說：「向一個自己重視的人，表白自己的心意、自己心裡的真正想法，是需要一份勇氣來支持，但同樣，接收對方心意的另一方，也是需要一份勇氣去回應自己的想法與心意，不論最後是拒絕或是接受，是繼續一起，還是從此分開。」

然後他又輕輕呼了口氣，轉過頭來，微笑對我說：「所以，請相信你自己多一點吧，你的喜歡，值得你自己用更認真的態度去對待，也請相信自己所選擇的對象，就算對方不喜歡你，至少他在拒絕你之前，在那段時間裡，也是他為你最認真地思考的重要時刻呢。」

——…——…——…——

如果説，單戀本身就註定是對方不可能會喜歡自己，那麼，自己的一番心意與情感，最終還是只會付諸流水吧。

　　因為，對方一定不會接受自己的心意。

　　因為，對方一定不會考慮自己的條件。

　　因為，對方一定不會回應自己的感情。

　　因為，對方一定不會照顧自己的人生。

　　最後，又只會成為自己人生的不幸一部分。

　　最後，又只會讓自己更加討厭自己。

　　所謂單戀，所謂表白，本來就是多餘的吧，在不會喜歡自己的那個人面前⋯⋯

　　不是不回應，就是拒絕，沒有其他的出路。

　　真的是這樣嗎？

　　　—⋯—⋯—⋯—

　　後來，我沒有向 Anthony 表達自己的感情。

　　我就只是默默地，繼續去做他的好同事，繼續去成為每天下班回家時，一個可以在車程裡傾訴開聊的對象。

　　縱使，他依然不會對我提及太多，關於他的過去、故事、他喜歡的人、他想念的誰⋯⋯

　　縱使，每次站在他的身旁，我都要用盡氣力去克服內心的緊張，不要讓他發現我對他的感情，不要讓他知道，我對他的喜歡其實越來越深⋯⋯

　　但即使如此，他偶爾還是會告訴我，他的中文全名、他喜歡吃的食物、喜歡的歌、喜歡去的地方。

即使如此，我還是漸漸成為可以和他交心的朋友，還是可以成為，偶爾讓他送我回家的朋友。

雖然在他的眼裡，我知道，仍然只會有著那一個遙遠的世界。

——…——…——…——

後來，在我計劃好之後，我向上司遞了辭呈。

遞交之前，我就只是跟凌兒交代過一下。她聽見後，也沒有太大反應，只是看著我笑道：「換一換環境也好，我支持你啊。」

「暫時不會找工作，我想先四處去旅遊一下。」

「咦，你打算去哪裡啊？」

「唔……先是台北、台南，然後去泰國、新加坡，還有東京、大阪吧，先鎖定亞洲地區。」

「去這麼多地方，你錢夠嗎，要不要借你錢？」

聽見凌兒這麼說，心裡實在感到一陣溫暖。

「謝謝你的心意，我之前有存錢，就算半年不工作，應該還可以的。」

「如果有需要，記得來找我。」她再三叮囑，忽然又嘆了口氣，說：「我也好想去旅行呢。」

「好啊！我們可以一起去啊！」

「誰不想呢。」

她的雙眼帶點疲倦。前一陣子，她向仲衡提出了分手，兩人如今還是朋友。

「如果你需要散心，記得來找我。」

我學著她的口吻，然後她回我一個鬼臉，然後繼續微微苦笑。

——…——…——…——

同事們知道我辭職的消息，都跟我說覺得可惜。老闆還特別跟我說，要加我三成薪資、希望能夠改變我辭職的決定。

我很感謝大家都對我這麼好，我想，即使將來去到不同的地方、再認識更多不同的人，但這裡的溫暖、人情味、守望相助，還有大家的笑臉，會一直繼續陪伴我走得更遠，永誌不忘。

「既然如此，那為什麼你還要選擇離開呢？」

最後一天下班，我與 Anthony 一起搭地鐵回家時，他終於忍不住來問我。

我看著他，好一會好一會，然後努力地微笑一下，對著他說：

「因為，我喜歡你。」

Anthony 有點呆住，本來總是在出神的目光，也彷彿被帶回到現實。

「我知道你不喜歡我。」

我低下頭來，輕輕地吸了一口氣，保持著微笑，說下去：

「但是，你可以認真地考慮我一下嗎？」

車廂四周都是乘客，但就只有我們聽見對方說的話。

「為什麼呢？」

終於，他簡短地反問我。

「因為……我想重新開始。」

——…——…——…——

如果說，單戀本身就是對方不會戀上自己、甚至留意自己的話……

那麼，在自己嘗試去向對方表白的時候，就是對方要最留意自己、甚至認真考慮自己的時候。

曾經對過的你

即使，對方最後可能還是沒有回應自己。

但本來，若自己不去表示的話，那一個不會回頭的人，也一定不會留意到自己的心情。

—…—…—…—

「對不起……」

過了很久，很久，他終於開口。

我抬起臉，微笑。

「我還是不能喜歡你。」

—…—…—…—

如果說，自己不能接受對方的喜歡，本身就是會讓對方感到不幸的話……

那麼，在自己嘗試認真拒絕對方心意的時候，就是自己最為對方著想、希望能夠給予對方最大幸福的時候。

即使，對方未必會接受自己的拒絕。

但如果，自己能在對方為自己努力時，給予一個微笑，那麼總有一天，對方也許會在這份祝福當中，找到重新出發的勇氣。

—…—…—…—

「謝謝你。」

「嗯？」

「謝謝你這麼認真地，為我的一時任性去思考，去給我一個答案。」

「是我應該感謝你的錯愛才是。」

「這樣，我就可以更不留遺憾地離開了。」

「嗯……」

「你也要保重。」

「嗯。」

「我到站了。」列車這時駛進了車站。

「希望將來，我們還有機會再見。」

「希望如此。」

「再見。」

「再見……」

然後，我步出車廂，車門關上，列車啟動，他的面容與身影，漸漸離我越來越遠。

玻璃幕門的倒影裡，那一個我，仍是在努力地微笑著。

一直微笑著，一直微笑到最後……

直到，列車完全地離開了月台。

直到，我再沒有氣力，去偽裝下去……

我從口袋裡，拿出他的名牌，今天在我離開公司前，偷偷地從他的座位帶走的名牌。上面寫著他的名字，Anthony Li。

謝謝你，曾經讓我如此喜歡，讓我如此煩憂，最後還認真地給我一個答案，讓我不留遺憾，讓我可以重新開始……

讓這一份單戀的回憶，能夠擁有一個圓滿的終結。

Chapter *06* Joey

2015.

最傻的是，你已經變得陌生，
但我仍會記住，你曾經的溫柔與認真。

來到這天，為何還會記住，
那一對曾經如此靠近的我們，
那一刻其實太過短暫的心靈相通，
那一點並不屬於你和我的認真與溫柔，
那一些，已經成為過去的曾經……

那一次訊息對話，
後來我們始終沒有說再見。
那一場我們約定前往的演唱會，
後來你約了誰人陪你欣賞。

然後，我依然記住，
依然會因為偶然想起，而絞痛不已。
然後，回憶像刀鋒一樣，
重新剖開我以為已經埋得很深的創疤，
然後，彷彿在取笑或諷刺自己，
你以為忘了，你以為你已經自由了，
但其實你的心坎，仍然為他留著一個特別的位置，
如今依然會回味或不捨，
他曾經有過的笑臉、約定、認真與溫柔……

原來，再有多不捨、多不甘，
不對的人，就只會繼續是不對的誰，
總有天，還是會被更多的快樂回憶埋沒。
再多的默契，也只是用來證明，
有些人再熟悉，還是可以變得不相往還，
原來這一切，都有盡時，
都有它的限期。

縱然，如今的我們已經變得太過陌生，
縱然，我依然記得這一切曾經燦爛過的樂與悲，
但無論再怎麼尋找，還是找不回，
那一張原本屬於自己的、最自在快樂的笑臉，
還有曾經曾經，最喜歡對方的那一對我們。

「你好，我叫 Joey，一直都有看你的故事和散文，不論是書本或是在網路上，都覺得很有共鳴。最初是我的前男友介紹我看的，可是後來我們還是分開了，而我卻仍然看著你的文字療傷。不知道你能否聽聽我的故事？但如果你在忙，也不要緊，其實我只是希望有個人可以分享我的感受。謝謝你的文字一直以來的陪伴，讓我看明白想明白了一些事。期待你的新作，加油」

『謝謝你的支持。如果你想說，如果你不介意我有時會比較晚回覆，你隨時都可以分享，我會耐心細讀　:)　』

「嗯，在此之前，有一件事我們以前一直都很好奇，想冒昧問一問你：為什麼你的筆名叫做『天濛光』？　:)」

『筆名嗎……我很喜歡日出時的感覺，彷彿很有希望，但也帶點寂寥，可以讓人平復情緒，反思一些事情……『天濛光』就是日出之前的意思』

「原來如此，我和前男友還以為，你是很喜歡黎明」

『哈哈，其實我是很喜歡黎明的歌曲。你前男友也有來看我寫的東西嗎？』

「其實是他先看，之後他介紹我看，結果我也變成你的書迷了」

『原來這樣，這樣的流傳，有點奇妙呢　:)　』

「流傳？」

『原本是他的習慣，流傳到你的身上，現在，變成是你的習慣』

「嗯，我前男友，讓我稱他為 C 吧。我和 C 是在大學認識，從最初開始，他就已經對我很好。那一種好，並不只是表面上的殷勤及關心，而是……他會認真思考，用心地觀察和了解我的喜好、習慣，還有各種優點缺點，然後為我付出他的時間和心血，只為了讓我快樂、可以在他的面前輕鬆地做自己。」

「自小，我就是一個只懂得聽父母意見的孩子。對很多事情都不敢去要求，也不敢去拒絕或反對，雖然父母待我還好，但他們甚少從我的角度去想，很多時候都只是希望我依從他們的指示去做。例如他們希望我去學鋼琴，我就從小學開始每天花上三小時去練習；他們希望我考進最好的大學、畢業後從事金融業，於是我就努力用功念書，就算是暑假，也整天躲在家裡做試題，不敢與同學逛街遊玩，怕他們知道後會不高興……為了得到他們的喜歡，我一直都努力去做一個聽話的孩子。」

「只是在與 C 相處漸久，我就開始發現，比起做一個聽話的孩子，能夠自在地做回真正的、真實的自己，原來可以更輕鬆更快樂。」

「C 總是會鼓勵我，多傾聽自己內心的感受，勇敢一點去選擇自己喜歡的事物……在他的面前，我開始可以學會表達自己的想法，甚至去做一些以前我以為是任性、會讓別人不高興的事情，我開始會相信，原來不只去做別人喜歡的事才可以讓別人高興，如果能夠找到一個願意接納自己的人、一起

去做彼此都喜歡的事，也是可以很快樂，也是不用讓自己更卑微……至少，他會真正地用心看著我，而不是只會喜歡我努力偽裝微笑的那一面，至少，我可以在他面前表現我最軟弱的一面，因為我知道，他一定會在我的身邊，不會因為我的卑微我的軟弱，而厭棄我。」

「在認識Ｃ之前，在中學的時候，我曾經和一個男生Ａ在一起。他是我的初戀情人，只是我們開始沒多久就分開了，是因為彼此都不夠成熟吧，還是因為他並不是真正喜歡我。分開之後，我一直都未能對他忘情。即使後來認識了Ｃ，但我還是希望能夠與Ａ重新開始……可是我們也許真的有緣無分吧，後來我與Ｃ還是在一起了。最初的時候，偶爾還是會想念Ａ，只是Ｃ讓我明白到，一段成熟的愛情，其實沒必要讓彼此變得太卑微；有些人可以活在心裡，但始終沒辦法一起走到白頭。既然我決定了要跟Ｃ一起，我就應該要全心全意去愛這一個人，我又怎可以辜負這一個懂我、愛我、珍惜我的人。」

「和Ｃ在一起後，每天都過得很快樂，真的，快樂得，我竟然可以完全忘記了Ａ，就只願可以跟這一個人一直走下去，無論貧富、無論病痛健康，就算將來年華老去、再也看不清楚彼此的面容，我都希望能夠跟這個人走到最後。真的很奇妙，以前看電影看小說的時候，常常都會讀到一對情侶如何心靈相通、充滿默契，就算沒有言語，但只要一個眼神、一抹微笑，就可以明白對方的心意……以前總是無法體會這種心情，以為只是神化了的故事；可是在與Ｃ的相處，心靈相通並不再是一種虛幻，他很懂我，他也讓我學懂，如何去了解一個人，應該要怎麼做，才可以讓對方真正地感到快樂……我不只能夠感到他愛我，我也能夠從中學習，讓彼此變得更好，一起同步成長，一起走到白頭……」

「只是後來，我們還是分開了。」

「記得你以前曾經在文章裡說過，就算如何相愛，但如果兩個人的個性、思想、價值觀、生活環境等等都相差太遠，最後還是會很難走下去。最初我讀到的時候，坦白說，我並不是怎麼相信。我以為，在愛情裡面，只要彼此都確定相愛，那還有什麼問題呢？就算彼此有著各種差距，但只要兩人一起努力、一同付出，多點溝通、分享、用同理心來思考，最後一定能夠跨過各種障礙，我們都會繼續留在對方身邊。」

「和Ｃ在一起的第二年，我們開始有結婚的打算。大家都是怕麻煩的人，所以都希望一切從簡，不一定要太鋪張，就只是請親友一起見證我們的愛情，然後一起吃一頓晚餐就好。只是我的父母，卻要求一定要隆重其事、大排筵席……我們還沒正式決定結婚，我的母親就已經每天不停向我吩咐，過大禮要怎樣做、禮金要多少、筵席至少要有三十席、要邀請父親工作上的朋友出席、喜餅要有西式也要有中式、婚宴當晚她要換三次衣服、菜式一定要有魚翅……我跟他們表示過，希望一切從簡，但是他們完全不理會我的想法，只是說怎可以這樣簡單，這樣做會很寒酸，會讓外人以為自己的女兒嫁得不好。問題是，現在是我想與喜歡的人在一起，為什麼我要理會外人的目光？因為這些小事，我跟他們吵過很多次架，後來父親甚至不再理我，我在家裡他也只會把我當作透明人。我明白他們堅持的理由，只是我實在不想再違逆自己的心意，這是我一輩子最重要的一件事情，但他們卻認為我是太過任性，只會對我失望，卻不明白我的無奈與壓力。」

「在這一件事上，最初Ｃ也是給予我支持，他本身也希望能夠一切從簡。只是他不想我們為了婚宴的事情而冷戰。對他來說，家人是十分重要的，他

認為，無論如何，一家人也不應該有隔夜仇，再怎麼意見不合，也應該要平心靜氣地坐下來相談。他不明白，為什麼我們會完全不理睬對方，為什麼我那麼堅持己見。每次我跟他討論這些事情時，我嘗試向他表達，不是我不想和父母一起去談，只是他們每次都總是先入為主地認為是我任性、是我不對，完全不給我解釋或一起討論的餘地，其實是他們太堅持己見吧，他們有沒有想過我的感受呢……每一次，C 都會跟我說，他明白我的感受，但這些其實都是小事，不值得為了這些小事而讓我們不和。他總是會勸我，主動去哄回父母、甚至是向他們道歉。對於他來說，大家可以安好地聚在一起，就已經比什麼都要好；遇到不對的事情，他不一定會發聲去反對，有時他會選擇用其他的角度去看這件事，讓自己較易去接受或妥協，比起對與錯的爭論，他更加著重大家相處上的和諧……問題是，我真的有錯嗎？自小以來，我都聽他們的話，做一個懂事的孩子，但如今我只是想在一輩子最重要的日子裡任性一次，就只是如此而已，為什麼這樣的要求，反而會被認為是不對；而最無奈的是，為什麼眼前的他，並不是完全站在我的身邊支持我。」

「或許，真的是我太堅持己見？後來，在我們之間，開始會有意無意地避開這一個話題，這一個本來應該高興、應該讓我們走向幸福的重要話題。每次一想起結婚，除了會接著想起仍然不和的父母，也會想起，我與 C 之間的差距。明明，我們已經一起走過了這麼多日子，明明我們是那麼了解對方、應該是最了解對方的人，但有時和他對望，忽然會覺得眼前的這個人有點陌生，而無奈的是，他彷彿也和我有著一樣的感覺，我們的相處越來越相敬如賓，他不想令我生氣，我不想令他難受，但是我們都沒有說出真正的感受。對我來說，他真的是我生命中最重要的人，我真的好想跟他一起走下去。我們也曾經努力過，嘗試去做一些事情去挽回以前的感覺，但每一次想起，以前，是已經過去，才會被稱

為以前；以前，我們不會相對無言；以前，我們不會總是吵架；以前，只要手牽著手，我們就相信以後都不會放手，但如今，我們寧願牽手，也不敢去擁抱對方……還能夠牽手，便是我們還不想分開，但有多少次，我們就只是這樣靜靜地牽著手，一起走過了以前曾經走過的街道，卻不復從前的親密。明明就在身邊，但從什麼時候開始，我們原來已經錯過彼此。」

「我常常都問自己，如果這個人真的那麼重要，而他也是待我這麼好，我跟他一起的時候真的很快樂……那麼，我是否不應再這麼執著，我應該聽他的話，去與父母和好，我不應該只是去想，為什麼他並不是完全地了解我，為什麼在我最需要支持的時候，他不是站在我的身邊……是我太任性了，他其實已經為我做了很多很多事情，在這段日子裡，他也是很努力地想明白我的想法、嘗試去改變一些事情。我還應該如此堅持、勉強他去改變嗎？難道我不可以也為他去改變一次、嘗試無視或接受那些我們之間的差別？如果兩個人在一起，是需要一同學習、一同成長、讓彼此變成最相似的兩個人……」

「偶爾，我們的關係會變得很好，彷彿可以回到從前那般溫馨快樂，只是這種甜蜜，往往只是短暫的；是我不好，我始終會想起，其實他是勉強迎合我、討好我，其實我始終都沒能放下自己的執著與任性。在這段時間裡，他其實已經很累了，我一邊告訴自己，不如不要再想太多了，多笑一點，不要再讓他更加疲累；但是之後我又會反問自己，如此繼續下去，真的不會再讓他更加疲累嗎？到某一天，我可能又會接受不了他的某些想法與價值觀，到時候我們又要再一次勉強彼此去改變嗎？還是到最後也是只會讓其中一方終於心灰意冷，然後忍不住要放手離

開……若是如此，我是否又應該再這樣錯下去？然後我發現，無論我怎麼想怎麼決定，其實最自私最錯的人，也都是我。」

「然後這種情況，持續了半年。有一天 C 跟我說，他要放棄了，因為他喜歡了其他的人……最初我有點不能接受，為什麼他會突然喜歡了其他的人，為什麼一個明明上星期還在跟我約定、過段時間不如一起去東京旅行、看看可不可以再次找回當初感覺的人，但現在卻跟我說已經喜歡了別人……可是當我想到，其實他已經很勉強自己了，這些日子以來，他為了讓我快樂起來、為了挽回從前的感覺，他已經很努力，已經付出了很多很多，而我始終都無法讓他開懷一點；那我又還有什麼資格留住他，要他陪我去思考這些連我自己也想不通的煩惱。」

「只是，三年過去了，我還是沒能忘記這一個人。分手後，他希望能夠做回朋友，但我拒絕了。當我見到他跟別人態度親暱的合照、他臉上的快樂笑臉，我就會想，他已經尋找到新的幸福，我與他過去走得再近、再心靈相通，也是已經變成過去了。只是，他可以變成過去，但他在我的生命裡，卻從來不會過去……我實在無法再裝作如常，和他繼續做一對普通的朋友。我也沒資格，在以後的日子裡，再為他的生活帶來任何打擾……只是偶爾，我還是會不自覺地，回到我們以前曾經一起去過的地方，獨自默默思念。我知道，再怎樣回想、掛念，也是改變不了什麼，也不過只是對世界無關的傷春悲秋……其實我就只是希望有一個人可以讓我分享一下……曾經，我喜歡過一個人，在最美好的時候，在所有人都會祝福的季節裡，我和這一個人，幸運地牽起了對方的手；當時我相信，或許再這樣下去，我們就會找到屬於我們的幸福……只是後來，我們還是在不知不覺間，錯過了對方，錯過了本來應該可以抓在手

心的幸福……也許，他並不是真正對的人吧，也許，我們都只不過自以為是，以為對方就是此生最應該走在一起的人，有些事情從一開始其實就已經註定了，就算曾經有多傾心相許，有些人，最後也是沒法與你走到白頭。」

「抱歉我寫了太多，謝謝你願意看到這裡。如果你沒時間回覆我，也沒關係，我就只是想有人可以聽一下這些我無法對任何人分享的心事。希望你寫作順利，我會繼續支持你的文章。加油！」

『謝謝你和我分享你的故事。後來，你與Ｃ沒有再聯繫了嗎？』

「我們仍然是對方的臉書好友，但是一直都沒有談過話」

『為什麼呢？』

「他已經忘了我吧，我又何必打擾」

『嗯，他忘了你，你卻仍然忘不了他』

「很傻吧，其實都是我咎由自取……如果那時候，我並不是那麼堅持，後來的結果，又會不會不一樣」

『後來，你跟父母的關係有變好一點了嗎？』

「有好一點，至少會一起晚餐、可以再閒話家常，他們也不再像以前

那樣勉強我要遵從他們的指示去生活」

『嗯，那至少，你的堅持最後並不是徒勞無功的，是嗎？』

「但是我還是錯過了他」

「不好意思跟你聊了這麼多、打擾了你的時間。希望你寫書順利，期待你的新作。　:)」

『你想聽一個故事嗎？』

「故事？好啊，我想聽」

『有一個男生，我們稱他為Ｅ吧。』

『Ｅ很喜歡他的女朋友Ｌ，從最初認識的時候，就已經對她有一點莫名的好感。那時候，不知為何，他心裡有一種直覺，覺得Ｌ並不會喜歡自己，因此他選擇去做她的好朋友，在一個最好的位置，默默守護這一個最喜歡的人。後來他無意中發現，Ｌ仍然放不下從前的男朋友，不幸讓他猜中了；但也沒法子，他仍然繼續陪在她的身邊、做她的朋友，從沒想過要越過這條界線，不想讓她有任何為難，也不想以後再也不能見到這一個深愛的人。』

『雖然，Ｅ也有過想放棄的時候，有時他會想，Ｌ會和他做朋友，也許只是因為他的好吧，如果有天他不夠好，她還會讓自己留在身邊嗎？自己對她又是否真的那麼重要？他知道，自己是比不上她從前的男朋

友，別人突然的一個短訊，就可以勝過你一直以來的付出。但如果真的就這樣放棄，他又始終捨不得，不是因為心有不甘，而是他真的很喜歡這一個人，很想親眼看到，她快樂幸福的笑臉。』

　　『幸好，皇天不負苦心人，他的真誠終於打動了 L，可以和她在一起。最初 E 還是不敢相信，總是會擔心，L 會不會只是當他是一個救生圈、一個備胎，如果有一天 L 與前男朋友舊情復熾，她會不會離他而去。於是他努力地對 L 更好，只是越是努力，越感到自己的好其實並不實在，有時就算我們可以再做得更好，但還是比不上對一個人的沒有感覺。E 懷著這種患得患失的心情，與 L 走過了一段時間，幸運的是，L 是真的喜歡 E、才想要跟他一起，E 很感恩，於是也更努力地去愛護 L，他要完成對她的承諾，一直陪在她的身邊，守護她、一起甘苦與共，以後只會更快樂，一切都一定會好起來的。』

　　『之後，一直相安無事，兩人在一起好幾年了，E 心裡打算，希望向 L 求婚，一起建立家庭。只是 L 的家人對婚事的安排有著一些意見，讓 L 承受了很大的壓力與情緒，也讓 E 與 L 的相處漸漸出現隔閡。L 覺得，E 總是不能明白她的感受。E 努力嘗試去理解，但也許有些言語上的誤解、有些價值上的分歧，卻是難以去化解與改變。E 一直希望，不要因為他們的婚事而影響 L 與家人的相處，但越是勸解，越是突顯出兩人思考方式的不同。E 原本以為，暫時將這件事情放在一邊，讓時間慢慢去抒解大家的心結與情緒。可是他還是感受得到，自己與 L 的距離越來越遠。很多時候，兩人終於可以見面，但總是相對無言。他很努力想要讓她歡喜，只是一直吃力不討好。有時彷彿可以做到一些什麼，讓彼此重拾以前的感覺，但有更多時候，他發覺無論再做些什麼，都回不到

從前有過的親密、心靈相通。漸漸，兩人見面的時候，摩擦、吵架的情況開始變多，然後又會為偶爾的笑臉而鬆一口氣，接著又會為只盼還能夠牽手的自己而感到卑微。』

『漸漸，Ｅ明白到一件事，再這樣下去，Ｌ有天總會離開自己。如果不想放手，如果她真的重要，就應該更努力地做得更好、抓緊對方的手，不要讓她就這樣錯過。只是一直以來，他可以做的，其實已經做了很多。他也知道，其實再這樣堅持下去，Ｌ也是會一樣感受到壓力。每次她對他笑的時候，他還是會看到她想掩藏的那點勉強。或許，她也不捨得就這樣放手，她也很努力去想，如何才可以回到從前。只是真的可以再回到從前嗎？Ｅ開始也失去了信心，開始又會想，其實她如今還沒有離開，是因為他的好、是因為她不想辜負自己、是因為這些年來大家付出過多少心思和時間、是因為這段感情真的得來不易……』

『只是，兩個人是否可以繼續在一起，有時需要的並不只是還有多少喜歡，也要看，彼此還有著多少決心。』

『於是，在一個早上，Ｅ約了Ｌ見面，告訴她，他想放棄了，因為他喜歡了另一個人。』

『但其實，並沒有這一個人。』

『他知道，這樣的做法很自私。但他真的累了，他也不希望Ｌ再為他而這樣繼續勉強自己。他看著Ｌ，想知道她會有什麼反應。Ｌ只是無奈地苦笑了一下，點了點頭，然後沒有再說什麼。那一刻，Ｅ心裡知道，

真的結束了，是真的結束了。這些日子以來，一直累積的重壓，彷彿都一掃而空；只是同時間，他感到一種更沉重的悲哀。他心裡不停反問自己，為什麼自己會錯過了她，為什麼好不容易可以和她在一起，但最後始終還是抓不緊她，還是會讓兩人的距離漸漸變得越來越遠。是因為做了一些什麼、或做錯了一些什麼，而留下了一道無法修補的裂縫；還是因為即使有做什麼、沒有做什麼都好，她真正喜歡的，就只是一個可以完全與她相配的自己，有些價值觀、有些性格、有些矛盾，並不是說有多喜歡就可以無視，並不是說只要彼此再決心堅持下去，就能夠一直走到白頭……』

　　『之後無數個夜深，他都一直在思考著這些沒有答案的問題，而一再失眠。他看見 L 在臉書上貼了許多旅遊的照片，看到她臉上那張快樂輕鬆的笑臉，他不知道這是不是她此刻真正的感受，是不是也像他一樣不過在別人面前逞強、假裝過得快樂，但他還是希望，她以後都可以過得好好的，可以自由自在地去做她想做的事，不會因為別人而選擇一再勉強自己，不會因為曾經有過的陰影，而埋沒了她真正的快樂笑臉。』

　　「後來呢……」

　　『後來，沒有後來了。一年前，E 跟我分享了這一個故事。他說，之後他會移民到澳洲，在那邊重新開始不同的人生。但他還是希望在臨走之前，告訴我這一個故事。我有問過他，當時你們這樣分開了，會後悔嗎？但他卻只是笑了一笑，輕聲說，如果當時大家不分開，之後可能會變成一對怨偶，最後，也許只會一直互相折磨，不是不歡而散，就是變成老死不相往來。我再問他，你覺得你們真的會這樣嗎？他最初沒有回

答，但最後還是説，這個問題，直到如今，他還是找不到答案。』

「嗯」

『你呢，你後來有找到答案嗎？』

「我不知道」

『嗯。但他還是希望，她可以過得好好的，雖然她已經封鎖了他的臉
書、不能再看到她的近況。他還是希望有機會再跟她説一聲，對不起』

「嗯，謝謝你，和我分享了這個故事，還有辛苦了你聽我們的分享」

『:)』

我關上電腦，躺在床上，用手拭去臉上的淚痕。

打開手機，開啟臉書，從封鎖列裡，解除了對奕軒的封鎖。

他的臉書裡，盡是朋友們對他的祝福，都是今天對他與未婚妻步入教
堂、終於結成夫婦的無盡祝福……

我看見他朋友的照片分享裡，他臉上的幸福笑臉，他穿著一身合身的
黑色西裝，藍色的領帶上，還夾著一個暗金色領帶夾。

我忍不住笑了。

—…—…—…—

「為什麼忽然送我領帶夾？」

「你穿西裝打領帶的時候，都不用領帶夾嗎？」

「我們平日上班通常都穿便服呀，哪有什麼機會穿西裝。」

「偶爾出外見客時，你還是會穿吧。」

「但也只是偶爾。」他奇怪地看了我一眼，拿著領帶夾看了一會，又說：「很多人打領帶時，也沒有用領帶夾吧。」

「可是我爸有用領帶夾啊。」

「咦，你爸在餐廳擔任大廚，平時也要穿西裝上班的嗎？」

「……他結婚的時候，有用到。」

然後，他看著我好一會、又好一會，忍不住哈哈大笑了起來。

「你笑什麼！」我打他。

「好了好了，謝謝你送我這個領帶夾，我一定會用的，在和你結婚的那一天……」

「你還笑，我不理你了！」

我別過臉，繼續假裝生氣。他放下領帶夾，開始使出渾身解數逗我微笑。我偷偷看著那個銀色的領帶夾，心裡開始想著，和他結為夫婦的那一天，會是怎樣的快樂幸福。

有了你，其他什麼事情都不再重要了。

有了你，世界再大，我也再離不開你的影子。

Chapter 07 簡珮見

2016.

所謂放下，
並不是要在別人面前笑得開懷，
不是以後不可以再提那些有過的傷痛，
對過去的所有美好，也別再有任何留戀……

而是哪天醒來時，
不會再因為想起以前，而感到悲傷，
不會因為別人的關心，而刻意避談他的名字，
還有與他有過的每點細碎回憶。
就算偶爾會悲傷、會難過，
也開始可以學會坦然、平靜地面對；
就算依然會遺憾、會後悔，
自己為何未能留住某個人，
為何從前會太過任性、不懂得去好好珍惜……

但錯過了，就是錯過了。
再回首、再不捨得，
再繼續勉強自己去記住、或忘記，
再如何追悔曾經得到的、失去的，
那些人、那些美好，
也是不會再重來。
我們可以做到的，就是繼續往前走，
去累積更多新的回憶，
讓自己在來日有多一點力氣，
去笑著回首、或重新開始……
放不下，就繼續放不下吧，
始終，真正重要的人與事，
其實不可能真正地放下，
越是勉強，只會更委屈難過了自己，
然後將僅餘的笑臉與勇氣都逐點消磨……

到最後反而變得更難去，放過自己。

銘謙離開這個世界，已經一年。

兩年來，我認識了不同的人，去過不同的地方旅遊。

但每一個月的十四日，我還是會回到這裡。

坐在他的墳前，和他聊天，和他一起看日落。

直到夜了，他向我默默微笑一下，我和他說一聲拜拜，然後回家去。

回去只有我一個人在的家。

——…—…—…—

銘謙是我的中學同學。

最初我和他並不熟稔，但他是李明信口中經常都會提到的名字。

「今天又給林銘謙氣死。」

李明信氣沖沖地，走到我的身邊。

「怎麼了？」

「他啊！他……」李明信的個性，很少會生氣，他很善於自我解嘲。但也有例外。「林銘謙呀，將我珍藏的周杰倫簽名 CD 拿去網上拍賣了！」

我嚇了一跳，那張 CD 可是李明信費盡心機才得到的。我連忙問：「為什麼被他拿去賣了？」

「那天他說來我家玩，趁我不注意時就偷偷拿了我的 CD，直到賣出了，他才跟我說已經賣了！」李明信一邊說一邊嘆氣。

「你還沒說他為什麼要拿去賣呢？」

「他……」李明信欲言又止，最後還是說：「他說，我們宿營的錢不夠，他想最後一年，我們應該租一個豪華一點的地方，所以就將我的 CD 拿去拍賣籌錢了。」

聽到這個理由，我心裡忍不住笑了，我說：「那他也是為了大家著想

嘛。」

「他要錢可以直接講啊，不用拿我的 CD 去賣。」李明信一臉欲哭無淚。

銘謙做的事情，常常都不按常理。

他曾經在夜深潛入學校地下室，只為了幫同學取回一枚戒指。他曾經有一年要求加入學校的女子籃球隊，不是為了泡女生，而是希望做她們的經理人、幫球隊打進高中籃球聯賽。他也曾經去參加學校的音樂比賽，但問題是，他是一個五音不全的人。

「為什麼你要來參加比賽呢？」

在比賽的後台碰到他的時候，我忍不住問他。

他的反應是首先愣了一下，每次我和他談話的時候，他都會有這一種反應。然後他對著我笑，這樣解釋：「明年就畢業了，什麼事情都要試一試嘛。」

後來他上台，唱的是五音不全、普通話發音全錯的周杰倫〈開不了口〉。台下的學生都忍不住爆笑起來，但說真的，也是他的表演，帶動了整場音樂比賽的熱烈氣氛。後來他沒有得獎，只是當司儀最後感謝他有參賽時，全場師生還是不吝惜地起身拍手鼓掌。

從那時候開始，我就對銘謙這個人留意起來。

他和李明信相當友好，但感覺上，每次都是他主動去找李明信，多於李明信主動去找他。他的性格跟李明信並不相似，銘謙是好動型的，什麼活動都會看見他的蹤影，而我與李明信都是喜歡躲在一旁、默默觀察別人的類型，不喜歡太高調、被別人注視，也不喜歡說太多無聊的話。

所以，李明信能夠和銘謙友好，對我來說是一個有趣的研究課題。雖然他倆從小學就已經認識，但我也有些已經同班了十年的小學同學，在中學時也只是普通的點頭之交。

「我也不知道為何會跟他這麼友好。」李明信苦笑著說：「也許只是因

為，他總是纏著我吧。」

「原來你們是同性戀。」我取笑。

「同性你的頭啦。」說完，他拍了我的頭一下。「他都交過兩個女朋友了。」

「咦，真的嗎？」

「都是隔壁班的女生，而且交往的時間不長，所以大家好像沒有發現吧。」李明信輕輕嘆了口氣，又說：「我覺得，他也不是真的喜歡那些女生，其實他只是害怕寂寞而已。」

「怕寂寞？他平時總是表現得不愁寂寞……」

「那是裝出來給大家看的。他好像很獨立，又好像是一群人裡的核心人物，但他自小就成長於一個單親家庭，他的爸爸也經常不在家，所以就常常想要有人來陪伴自己。」

「我總是以為，在單親家庭成長的人，個性會比較孤僻……」

「不盡然吧，有些人會希望多交點朋友排解寂寞，有些人會希望有天可以找到新的家人，有些人會嘗試將感情轉移寄託到甜美的愛情上，也有些人在遇到這樣的人之前，就已經放棄了對別人有所期待。」

「咦，你好像很清楚似的。」

李明信聳聳肩，說：「都是林銘謙告訴我的。」

—…—…—…—

當你感到寂寞，你會用什麼方法來排解它？

是找一些好玩的朋友，一起去玩樂狂歡，不醉不歸？

是找知己密友，躲在窄小的咖啡店角落裡，說著說著，讓自己終於可以流下淚來？

是回去父母的老家，與他們一起吃飯、聊天，說說你近來工作上的成就、生活上的趣事，安慰自己說，就算寂寞，但你還有家，還有愛著你的人？

還是，放棄了再去尋找那一個誰，一個人，搭著車，去一個自己不熟識、也沒有人認識自己的地方，然後直到終站了，下了車，在寂寥的街道上遊蕩，在海岸之前佇足茫然，然後累了，就走回去車站候車，然後到站了，就回去家裡抱頭睡去？

———…———…———…———

最近寂寞的時候，我都會嘗試作曲。

我已經有很久沒有作曲了。

中學時，我喜歡翻唱別人的歌，周杰倫的〈開不了口〉、Beyond 的〈情人〉、王菀之的〈我真的受傷了〉、五月天的〈突然好想你〉、劉若英的〈後來〉、王菲的〈紅豆〉等等，都是我常常會練習翻唱的歌。

偶爾，我也會嘗試作曲，但開始作曲後才發現，作曲其實並不容易，尤其是要寫到好的旋律，並不是說有靈感就會立即有靈感。

有些電影或小說裡說某些人會聽到從天上傳來的聲音，然後就作成一首歌；那是天才，但可惜的是我並不是天才，每次作好一首歌，都需要花費不少時間與心神，而且成品未必好聽、未必跟我預想的感覺相近，然後我又要再重新去尋找更好的旋律。

但我還是喜歡作曲的過程。

只要靜下來，拿著手機，我就可以開始作曲，去想像不同的音韻、旋律與節奏。彷彿能夠讓自己專心一志、不受其他的人與事所滋擾，彷彿，可以不用再受到寂寞與悲傷的一再攻擊，一個人，就讓我一個人吧，獨自

去面對這一場沒有人可以插手、干預或挽救的戰役……

一場無法挽回的敗仗。

鼓勵我再作曲的人，是銘謙。

「記得你以前也有作曲啊，為什麼後來沒有再寫？」

「你還好意思說，那時候你常常約我，又騙我去做暑期工，結果後來也沒有時間再去練習唱歌，更別說是作曲了。」

「那時候……明明是你常常打電話給我。」他向我做個鬼臉，本來疲憊的臉容，難得有一點生氣。

「怎麼了，你希望我再作曲嗎？」我輕聲問他。

「我喜歡聽你作曲、唱歌。」

然後，他輕輕撫著我的手，微笑。

我努力讓自己泛起笑容，感受他手心微弱的溫暖。

—…—…—…—

以前不再作曲、不再唱歌的原因，除了是因為銘謙時常來約我，另一個主要原因，是因為李明信。

我和李明信一直都很要好。他是我人生中第一個了解我、真正懂我的朋友。在中學時，我們經常出雙入對，不少人都以為我是和他在一起，但其實我們只是一對無所不談的好朋友。

李明信總是會帶著笑，伴我談盡各種話題，經歷了很多事情。中學三年級那一年，我的數學成績很差，是他陪著我做了五百道數學題目，讓我不至於因為數學科不及格而留級，並因此而開始迷上了數學與暗號。

那時我們經常會玩暗號遊戲，他總是會花時間去猜我那些其實沒有邏輯可言的暗號，又常常設計一些讓我有機會猜中的「明號」——因為實在

太好猜了、一眼就能看穿，根本上就是看輕我的智商而設計出來的。

我們有著很多相同的興趣與嗜好，但後來回想，其實並不是我們真的剛好志趣相投，而是李明信有時故意遷就我的喜好、陪著我沉迷而已。就好像，我喜歡作曲，他會想去學習填詞；我想去台北淡水、到電影《不能說的秘密》的拍攝場地朝聖，他就會說他本來也想去台北逛逛，而我其實知道，他第一次出國最想去的地方是日本的東京與京都。

有些同學曾經跟我說，李明信應該是喜歡我。但那時候我總是不太在意，因為我根本不相信他會喜歡我，我們之間的相處，猶如兩個天真的小孩子，喜歡一同分享趣事、喜歡在對方的身邊一同經歷與成長，有什麼事情我都喜歡告訴他，也想聽聽他對我所做的各種事情有什麼想法，總是希望能夠黏著對方。與其說這當中是帶著喜歡的成分，不如說我們是一起成長的同伴，互相扶持互相倚賴，是彼此最好的朋友……

那時候我真的如此認為。

或許，是我真的太後知後覺、太理所當然地自以為是，還是我對愛情這方面真的比較遲鈍……我從來沒有想過，這些溫柔與陪伴的背後，會不會是隱藏著一份開不了口的心意，從一開始，我對李明信就欠缺了這一份對愛情的敏感，結果，直到我跟銘謙在一起了，直到他跟我確認，李明信是一直暗戀我，我才知道，自己原來在無意之中，一直傷害了李明信。

只是銘謙卻不希望我跟李明信再有任何接觸。

「為什麼我不可以再找他？」

「不是不可以，只是我覺得，不應該再找他。」

「……有分別嗎？」

「其實……沒分別。」銘謙一臉無奈。

「那我為什麼不可以再找他？」

銘謙沒回答，過了一會，他才苦笑：「也許只是我自己對他有內疚感

而已。」

和我在一起之後，銘謙真的沒有再找過李明信。

他沒說，但後來我知道，因為他覺得自己像是背叛了李明信，不知道應該如何面對他。另一方面，銘謙從來沒有跟我說，但是我知道，他是害怕我會因為李明信，而影響了我和他的關係。

那段日子，其實我很苦惱。

我是應該告訴李明信，我已經跟銘謙在一起，因為李明信是我最好的朋友。但是銘謙又不想跟李明信再有任何接觸，因為他肯定地告訴我，李明信是喜歡我，而銘謙現在已經是我的男朋友。

如果可以從頭再來，我一定可以將這件事處理得更好的。但是，沒有如果。

後來，我們都沒有再與李明信有任何接觸，平時在班上見到，也會裝作沒看見。有些人在背後說我是移情別戀、說銘謙是橫刀奪愛，我們也沒有去辯解；也許在李明信的角度來說，我們的確是如此地自私。是我們有負於他。

以前，我會在一個部落格上傳我翻唱的作品、還有完成的曲子，李明信是忠實常客。因為這件事，我漸漸減少更新部落格，後來甚至是幾乎荒廢。作曲，也隨著會考越來越逼近而暫時停止。

然後，在臨近考試前的一個星期，李明信突然申請了休學；老師說他的父母讓他去英國升學。之後，我們就完全失去了他的消息。

—…—…—…—

和銘謙一起，他對我真的很好，最初會以為，他會繼續跟不同的女同學親近，畢竟我不能限制他交友的自由；但他就總是喜歡黏著我，下課

後，也總是一定要送我回家，即使他明明要參加籃球比賽、有其他的課外活動。

「你又不出席球隊的集訓，這樣真的可以嗎？」

「呵，我明年就要畢業了，應該是時候將爭勝的重任交給後輩們了。」說完，他緊緊地牽著我的手，彷彿生怕我會突然不見一樣。

但我知道，每次送完我回家之後，銘謙還是會立即趕回學校裡，繼續陪隊員一起操練。每次陪我晚上通完電話，他又會埋頭苦幹繼續溫習，希望能夠跟我考上同一間大學、同一個學系，他是真的認真地為我們的未來在做打算。

只是我也知道，他很在乎我的一切，也很在乎，我有沒有去找李明信。

我和銘謙之間，可以無所不談，但唯獨是與李明信有關的一切，卻成了我們之間的禁忌話題。

每次不小心提到，他不會表現出不高興，只是那種心不在焉、或是假裝自然的微笑，我又怎會察覺不到。

然後，我又會再次想起，自己如何傷害了李明信，如何讓他變成孤單的一個人，並決定要遠走英國。

———…——…——…——

「你有想過要到國外留學嗎？」

「怎麼，你想去留學嗎？」李明信反問我。

「是我問你，不是你問我啊。」我沒好氣地。

「唔……我想一直留在這裡，繼續升讀大學，暫時還不想離開這個地方。」

「但是如果有機會，往外闖一闖、拓展視野，不是也不錯嗎？」

李明信抬頭想了一會，然後說：「可以見識更多不同的人與事，的確是不錯，但將來我還是會認識更多的人吧，現在我就只想繼續留在這裡，見最重要的人，和他們繼續一起生活。」

我忍不住問他：「最重要的人，那是誰呢？」

李明信就只是臉上一紅，然後就沒有再說下去。

很久很久的以後，偶爾我還是會反問自己，為什麼那時候竟然會如此後知後覺。

——…——…——…——

升上大學之後，我向銘謙提出，不如我們暫時分開一下。

是的，我很自私，我的猶豫不決、後知後覺，都不是容我可以自私或任性的藉口。

只是，當李明信失去了音訊之後，當我在短訊或臉書裡嘗試聯絡他、但發現已經被他封鎖之後，當我試過寫 Email 解釋一切、但系統跟我說他的 Email 地址已經被取消了，當我偶爾一個人想去散心時，總是會在不知不覺間走到我們去過的海岸，當我每次惡夢驚醒過來、發現自己因為他在夢裡的一再遠走而滿臉淚水，當我想到銘謙對我如此溫柔體貼、但我內心仍然會有著另一個人的那點罪惡感……

「你不覺得，這是你想得太多了嗎？」

銘謙無奈地看著我。

是的，我是想得太多，只是我也沒辦法，可以讓自己不要再去想。

「對不起，是我不好。」

「不是你不好，你只是一個人負起太多不必要的責任。」銘謙溫柔地

說，但他眼神滿是焦急。「李明信……他是自己要去英國避開我們，即使我們真的負了他，也應該是我們兩人一起面對，你沒有必要將錯誤歸咎在自己身上。」

「我不是將錯誤歸咎在自己身上，只是……」我苦笑了一下，吸一口氣，繼續說下去：「只是，如今的我們之間，還是脫離不了他的影子，是嗎？」

銘謙一呆，失笑說：「他從來都不在我們之間啊！」

「那麼，他至少還在我的心裡。」

他聽到我這句話，就沒有再作聲。

「是我不好，真的。」我低下頭來，努力忍住了淚水。「對不起。」

銘謙依然沒有反應，我默默地轉身離開，一步又一步，努力調整好呼吸，告訴自己不要回頭，真的，不要再讓自己的任性，傷害了更多的人。

———…—…—…—

「其實啊，既然你不是喜歡了別的人，那為什麼你要跟銘謙分手呢？」小雪一臉不明白地問我。

「你覺得，我對李明信的想念，並不算是喜歡嗎？」

我反問小雪，她高深莫測地笑了一下，對我說：「想念一個不在身邊的人，跟那個人確實在自己面前的那種喜歡，可以是完全不同的感覺啊。」

小雪是我的大學同房室友，她對於愛情的話題，總是特別有興趣，雖然有時一些想法比較天真，但有時又會一語中的、讓人看清了問題。

「但即使如此，我對銘謙的感覺，也是沒有最初的那麼熱烈了。雖然表面上，我們在一起的時候，彷彿仍是很溫馨很快樂，但我內心知道，自

己已經沒有以前的投入。」

小雪冷笑了一下，說：「你太傻了，兩個人在一起，哪有可能常常都充滿激情浪漫、就像第一天在一起時那麼轟轟烈烈的？」

「我知道每段感情都有著各種階段，有時激情如火，有時細水長流，但我們之間的問題是，我與銘謙沒有真正同步，是我跟不上他的步伐。他對我很好，但越是如此，我越是感覺到自己的不夠投入，不能做到他那樣全心全意。」

「但如果你不說出來，其實是沒有人會知道的啊。」

「或許，但我也不想再欺騙別人、欺騙自己。」

———…———…———…———

之後幾年，我都沒有再見過銘謙。

每年他都會寄生日卡及聖誕卡給我，裡面也只是寫上公式化的祝福語，沒有其他。彷彿是平常友誼的交往，但我知道，他從來沒有寄生日卡給朋友的習慣。

聽朋友說，他好像喜歡了別的人，但也有朋友說，他一直都是單身。我沒有細究，也不希望自己再說錯什麼做錯什麼，去打擾他的生活、或讓他有誤會或期望。

我有嘗試過去尋找李明信，但是除了知道他去了英國，就再也沒有其他線索。

小雪說，這根本跟大海撈針沒兩樣，其實我並不是真的想找到李明信吧。

有時連我自己都不敢肯定。

也許真的如小雪所說那樣，我自己放棄了一段本來不錯的愛情，寧願

去尋找一個其實早已錯過、但如今可能也仍是不對的人。即使找到李明信了，又能夠如何？可能他已經有新的生活，可能，他早已經將中學的事情統統淡忘。

可能，一切都完全是我自己想得太多。

為了尋找他，我試過一個人在暑假時，去了倫敦半個月，但也迷失了半個月。不只是因為我對倫敦並不熟悉，我也對自己竟然為了尋找一個人而出國這回事，感到不可思議、也不合常理。我也試過到日本的東京與京都，不過即使李明信也可能會去這兩個地方，又怎會碰巧跟我在同一個時間裡遇上⋯⋯

於是，我去得最多的，就是李明信以前所住的大廈樓下。曾經不止一次想過，走去他的家、詢問他父母他的聯絡方法。只是每次我都下不了決心去按下門鈴。也許小雪說得對，我心底並不是真的想要找到李明信，我只是希望讓自己去尋找一些不確定的什麼。

直到有一次，我終於下定決心按響門鈴，大門打開，我向屋裡的人表明來意，但是開門的太太卻說，這家人已經搬走了，她是新的租客⋯⋯

連原本最後一絲機會也沒有了。

想尋找一個有心避你的人，其實猶如大海撈針，並不像電影或小說般，會突然有天在街上重新遇見，或是有一個人一直陪著你、一起尋訪那個失落的人，即使有時心灰意冷，他還是會為你打氣，即使最後你打算放棄了，但他仍然會默默為你守候、支持你，然後等你哪天重新記起原本的目標，再與你一起尋找、一起走得更遠。

有時候，我也不明白，自己到底是想尋找一些什麼。

——⋯⋯——⋯⋯——⋯⋯——

「你新作的那首歌，曲調有點像一首歌呢。」

螢幕裡，傳來了這一個訊息。是「天濛光」。

我有點意外，按動鍵盤輸入：「咦，你覺得像哪一首？」

「唔……好像周杰倫的〈軌跡〉。」

「啊，你有聽過這首歌嗎？」

「當然有聽過啦。」

「哈哈，你果然敏感，這首歌是有參考〈軌跡〉的曲調。」

「你很喜歡這首歌嗎？　:)」

「也不是，只是那時很喜歡《尋找周杰倫》這電影。」

「原來如此。」

「對了，你有曾經想找一個人，但是始終都找不到嗎？」

「找欠債的人嗎？ :p」

「哈哈，不是啦，是找一個很想念的人。」

「總會有吧，但很多時候，我們不是真的想找到那個人，只是習慣了尋找的過程而已。」

「果然是作家啊，隨便就能說出充滿哲理的話。」

「有什麼哲理，都是老生常談而已。你呢，你有試過尋找誰嗎？」

「試過找一個朋友，可是後來還是找不到。」

「為什麼會找不到呢？」

「可能像你所說的，我只是想去尋找，而不是想去找到吧，是我的決心不夠。」

「會遺憾嗎？」

「一點點。」我呼了口氣，又按鍵輸入：「你覺得我這次作的曲子如何？」

「嗯，我覺得滿不錯。」

「真的？你向來要求很高。」

「真的，我喜歡歌曲後半段的旋律，彷彿帶著點朝氣。」

「真的嗎？」

「都說了，真的。:)」

「我自己其實並沒察覺到。」

「那就是創作的奇妙之處，人有時會在無意間完成一些自己本來想像不到的事情。」

「但我原本設想，這是一首帶點悲傷的歌。」

「嗯，那是圍繞尋找一個人，但是始終找不到的感覺嗎？」

「嗯。」

「那好，我試試循這個方向去尋找靈感，填好了詞再告訴你。」

「謝謝你。」

—···—···—···—

　　大學畢業後，我選擇繼續進修。課餘兼職家教，收入還算不俗，有時還可以去日本來一個短短的旅行，或是到台北四處遊走。

　　也許我下意識裡還是希望有機會能夠再遇見李明信，只是出外旅行卻變成了我的興趣，世界太大，每個地方的事物人情，都值得花時間及氣力去親身了解及體會。台南的人情味、京都的傳統文化、東京的五光十色、檳城的舊城與美食、首爾的熱鬧繁華……各有各的特色與文化，無分軒輊。然後每次回到自己所住的地方，看見這個城市原本擁有的優點及缺點，每次都會讓我有不同的想法及感受，也讓我更加熱愛這個地方。

　　只是偶爾還是會有點寂寞。小雪要上班，不可能陪我經常旅行。她有說過請她的哥哥陪我，但我跟她的哥哥始終不熟稔、感覺有點尷尬，所以

我都婉拒了。漸漸，我都習慣了自己一個人生活、一個人旅行。

只是有一次，我在東京新宿時，不小心得了重感冒。我整天留在飯店裡，實在沒有氣力外出，最多就只是到飯店大廳的小店，買一些杯麵之類的食物及日用品；然後在回到自己的房間時，我卻看到一個身影站在我的門前……

是銘謙。

最初我還以為自己因為病了、出現幻覺，但我再努力認真細看，真的是他；雖然我們已經三年沒見，但他的外貌還是沒有太多變化。我緩緩走上前，問他：「你……為什麼在這裡？」

銘謙卻沒有說話，只是用手摸了摸我的額頭，問我：「你發燒了嗎？」

我微微點頭，說：「感冒。」

他看見我手上拿著的杯麵及麵包，又說：「你病了，怎麼可以只吃這些東西呢？」

當下我不懂得反應，他從我手上拿過房卡，打開門讓我進去、扶我到床上躺下，然後說：「你乖乖躺著別動，我下去買食物給你。你有帶感冒藥嗎？」

我搖了搖頭。

「出外旅行，怎麼可以不準備一些成藥？」

他苦笑一下，幫我蓋好被子，接著便離開了房間。我心裡有一點放鬆下來，因為我知道，自己這一次並不會客死異鄉，至少，萬一出了什麼意外，也會有銘謙幫我打電話聯絡家人。但是下一刻，我又忍不住想，為什麼銘謙會在這裡，為什麼在我病了的時候，他會剛好在我的房門前出現？

但當時我實在太累，後來銘謙買了食物回來時，我已昏睡過去。

之後兩天，銘謙都經常來我的房間照顧我，我問他住在哪裡，他只是說住在附近，卻沒有確實地回答我。

後來當我回復了精神，但也已經是旅程的最後一天。銘謙幫我拎了行李到飯店的大廳 check out，只見他的行李早已寄放在大廳，原來他跟我是住在同一家飯店。我裝作沒有發現，就只是和他一起搭機場巴士直達機場。他說他更改了機票、會跟我搭同一班機回港。我終於忍不住問他：「你原本來東京是要做什麼？」

　　但他沒有作聲，就只是微微苦笑一下，幫我把行李放上輸送帶。回到香港機場，他幫我攔了一輛計程車，送我上車，然後就沒有再跟著我，自己搭上另一輛計程車離開。

—…—…—…—

　　直到很久以後，直到再經過這樣幾次的異地偶遇，我才知道，原來這些年以來，每次我出國，銘謙都會想方設法偷偷地跟著我，但是一直以來都沒有讓我發現，直到那次我病了，他才不得不現身照顧我。

　　那次是他第六次的「跟蹤」。

　　我問他，是怎樣做到的。按常理來說，他不可能知道我訂機票的詳情，也不會知道我住哪間飯店。

　　銘謙笑說，是不容易知道，最初他也花了很多冤枉錢和時間，最常的例子是訂錯飯店。有一次他聽朋友說，我會住在東京澀谷的飯店，於是他也訂一間在澀谷區的飯店，怎知那一次我訂的飯店，雖說是在澀谷區的範圍內，但實際位置卻是在新宿車站的附近。那次他在澀谷區找了很久，也找不到我的蹤影，直到第三天我到明治神宮神社參觀、他剛好碰見我，才知道自己原來是打聽錯了消息。

　　他跟我說起這些事情時，表現得一臉輕鬆，但是我默默聽著，卻感到一點心痛。

也許是因為，我知道，在一個陌生的城市，在茫茫人海裡，獨自去尋找一個未必會在的人，是有著什麼滋味。

「你這樣做，是為了什麼呢？」我幽幽地問他。

他又是沒有回答，只是輕輕地笑了幾下，過了一會，他吸了一口氣，說：「我不想打擾你，但也不想你自己一個人時，會遇到什麼意外。」

「我不是小孩子了……」

「但你是女孩子。」他向我吐吐舌。

「你這樣，不會累嗎？」

「為什麼會累？」

我靜靜看著他，過了一會，問：「追尋一個不會回頭的人，你不會覺得累嗎？」

他默然了一下，說：「就算會累，但我覺得值得。」

「是為了什麼？」

「沒有什麼原因，我就只是想陪著你，不要打擾你，不要讓你有任何壓力，這樣就已經足夠了。」

「你不恨我那時候要與你分開？」

「如果我恨你，為什麼我還要寄生日卡給你？」他對我展顏笑笑。

說起生日卡。

後來我才留意到，那些生日卡並不是在香港可以買到的，有台灣高雄、有日本京都，有倫敦的，有泰國的，還有韓國的，都是我曾經去過的地方……

而我還是一直後知後覺。

「為什麼……」我忍不住哭了起來。「為什麼你可以一直堅持下去？」

銘謙看著我，不說話，只是掏出了面紙讓我拭淚，直到我止住了淚水，才開口說：「我只是不希望你過得不快樂。其實我比你還好，因為我

知道自己在尋找什麼，我知道你在哪裡，我知道你的臉上是在笑著、還是在失落著，我可以在你希望的距離裡，默默守著你、或是幫你遮風擋雨，其實我是比你幸運、比你幸福……」

「即使我從來都沒有發現你、都將你一直所做的全部忽略？」

聽到我這樣說，他的眼角默默滲出淚來，但他卻快樂地笑了一下，跟我說：「但至少，我不是只有自己一個人。」

我忍不住再大哭了起來。

緊緊抱著他，將這幾年來，總是在錯過的淚，統統都宣洩出來。

—…—…—…—

後來，小雪取笑我，總是在自討苦吃。

幸好，兜兜轉轉，最後還是沒有錯過了應該一起走下去的人。

我聽著她的取笑，沒有反駁。

心裡只是感謝，幸好有她陪著我，走過了這幾年來的迷茫與寂寞。

幸好，真的幸好。

—…—…—…—

和銘謙重新在一起後，我將全副心神，都放在他的身上。

李明信的事情，我已經沒有再去想了，不是刻意不去想，而是，就算很偶然很偶然地想起，也不會有太多漣漪或牽動。

漸漸，就真的沒有再想起過他了。

也許他真的是我曾經最重要的一位同伴。

但如今，也只是一個不會再聯繫的陌生人，僅此而已。

　　過去的，有天總會無情地成為不會再思念的片段。我們應該好好把握、珍惜，此刻眼前可以好好擁抱的人，可以一起相對微笑的摯愛。

　　因此，我和銘謙，之後去了很多很多地方。之前他為了配合我的生活作息，畢業後也沒有正式找一份工作，就只是用他的電腦專長，替不同的公司寫程式及網頁，所以他可以在家工作，也經常會帶著筆電出外工作。因此……我們可以一起去更多不同的地方旅遊，看遍世界各地的美麗風光。

　　每次回到香港，我都會躲在他的家裡，為他整理房子，準備每天三餐。他總是會取笑我煮菜煮得很慢，又會抱怨每次洗碗好麻煩，但是他每次都會把飯菜吃光，並好好地幫我清洗所有碗碟，之後就會來到沙發抱著我，陪我看連續劇，直到我們累了、不知不覺中一起在對方的夢中入睡。

　　那時候的日子，真的很快樂。我們一起規劃著我們的未來，一起想著我們將來的家會是怎樣，一起預想著要生多少個孩子，一起夢想有天到老白頭時要在哪個城市終老……

　　爸媽每次問我，什麼時候會和他結婚，我都會說快了。傳統的他們，對於我經常住在一個男生的家中，其實本來是不太滿意；但每次銘謙去探望他們時，總會哄得平時總是嚴肅的他們眉開眼笑，我知道爸媽是真的喜歡他，也放心將我交給這個男生。所以，我真的覺得自己很幸運，可以在這一生遇到這一個對的人，而他沒有輕易地讓我錯過，在我不夠堅定、隨風飄蕩的時候，還一直好好地留守著、握著連繫著我與他的那根絲線。

　　幸好。

　　只是有天，銘謙忽然語氣認真地、溫柔地、吃力地、軟弱地告訴我，他罹患了骨癌，並開始蔓延到身體其他的組織……

　　我才知道，原來過去的自己，錯過了多少時間。

—……—……—……—

「簡珮兒，你在哪裡呢？」

「我？」我茫然了一下，看看已經昏暗的四周，然後回答：「在家。」

「你整天沒有外出嗎？」小雪嘆著氣問。

「沒有。」

「有好好吃飯嗎？」

「嗯。」

「……我現在過來，買東西給你吃。」

「嗯。」

　　銘謙離開後，有一段日子，我整天都躲在他的家裡，不想外出。

　　媽媽每天都會過來，和我吃早餐，陪我去洗衣服，打掃一下屋子。

　　等她離開之後，我又會回到那個只有銘謙出現的世界裡。

　　他最後跟我說，只希望我能夠活得好好的，做自己想做的事，過一個不會讓自己後悔的人生。

　　但是，如今，我已經在後悔了。

　　後悔，為什麼自己沒有好好珍惜他，為什麼他一直這麼辛勞，而我竟然沒有半點察覺。

　　從我們中學在一起不久開始，他一直都很努力地去打工、儲蓄，希望能夠早一點買屋、和我成家立室。後來我們分開了，他的打工還是沒有停止；原本他有機會進入某家大企業、得到一份安穩並有前途的工作，但是因為他希望有多點自由時間去配合我的旅行，所以他婉拒了對方好幾次。之後他自己接下了不少公司的案子，存了不少錢，只是他幾乎二十四小時在工作，直到我們重新在一起之後，他才稍微減少一點工作量、將時間留

來陪我，只是……

　　從那時起，他的身體已經積累了不少問題，而我們也太遲才察覺。其實，在他經常都會感到關節疼痛的時候，在他開始變得很容易勞累的時候，在他常常感到呼吸不太順暢的時候，在他勉力對我微笑著的時候……

　　其實，我應該可以更早察覺得到的。

　　但銘謙就只是輕輕搖搖頭，跟我說：「這不是你的問題，是我自己沒有顧好身體、還反過來讓你照顧，是我不好……」

　　「我們不是說過要互相扶持的嗎？」我努力地對他微笑，不想讓他感染我的悲傷。

　　在醫院陪他做化療的那段時間，是我們話說得最多的日子。

　　彷彿，要將我們曾經分開時所經歷過的一切，將對方不知道的種種心情，都要讓對方明白及知道，彷彿若不是這樣，我們兩人的生命不會變得完整，會在將來留下遺憾。

　　有天，他微微笑著，問我：「你想再見李明信嗎？」

　　我愣了一下，對他說：「沒特別想見，見到就見到吧，見不到，也不要緊。」

　　他緩緩抬起了手，撫著我的頭髮，說：「如果你想見他，我知道他在哪裡，你可以去找他啊。」

　　我努力展露笑容，肯定地告訴他：「我不會再去找他了，只要有你在我身邊，我就已經心滿意足了。」

　　然後銘謙一直看著我，看著我，對我輕輕說了一聲謝謝。

　　然後，第二天的清晨，當我夢醒過來，銘謙已經安詳地笑著離開。

　　而我還有很多話，很多感受與想法，很多歉意，還有很多不捨，沒能及時好好地告訴他……

　　如果我那時沒有任性，如果我沒有三心兩意，如果我不是總會後知後

覺，如果我能夠像你那樣堅定，如果我的愛可以比你更深，如果我真的懂你了解你，如果我能夠早點察覺一直守在我背後的你，如果我可以對你更好更體貼，如果我還能夠再為你多做一點點，如果我不那麼幼稚，如果⋯⋯

　　如果我能夠早點明白，你才是我這一輩子之中，最值得留住、最應該追尋的那一個人⋯⋯

　　只是再後悔，也已經太遲。

—⋯—⋯—⋯—

　　銘謙走了之後，我最常做的，就是作曲。

　　是他提議我去做的，他說他喜歡，以前還沒有跟我在一起時，在網路上聽我所作的曲子、還有聽我翻唱別人的歌。

　　原來那時候，他偷偷將我唱的歌下載到手機裡，有空就會拿出來聽，甚至跟著一起唱⋯⋯

　　傻瓜。

　　我在臉書一個作曲交流區裡，分享自己的作品。最初沒有什麼人理會，但我也不介意，畢竟，我本來的作曲技巧也不是很好，而且過了這麼多年，難免也會有點生疏。

　　最初，小雪並不贊成我作曲，因為她不希望我躲在家裡、她希望我多出外走走；但是她的哥哥明風卻十分支持，他還提議，可以偶爾出外逛逛，在不同的地方或許會有更多創作靈感⋯⋯

　　其實還是希望我出外。偶爾我也有聽他們的話，和他們去海邊或爬山散心。但也只是偶爾。

　　除了明風，我在臉書認識了一個叫「天濛光」的作者，他也很鼓勵我作曲。他也是作曲交流區的常客，但喜歡為別人的作品填詞。我第一次點進去他的臉書，看到他剛好在裡面分享了一段話：

　　「所謂放下，並不是要在別人面前開懷大笑，也不是以後就不要重提那些讓你傷痛的人與事。所謂放下，是你有天終於可以，和那些傷痛一同成長、一同重新出發，就算偶爾會悲傷、會難過，你也會坦然地、平靜地面對。其實說到底，這個世界沒有真正的放下，我們可以做的，就是學會放過自己。」

　　我默默地看著，讀著。

　　然後過了很久，我輸入了留言：「自己可以放過自己嗎？」

　　然後，沒有人回答。有人按讚，只是始終沒有人回答我。

　　但第二天醒來，卻看到「天濛光」在臉書裡，分享這樣的一段話：

　　「放過自己之前，往往會經過無數日與夜的煎熬苦痛、懊悔矛盾，才終於可以與執迷的自己說再見。每個人的運氣與路途不盡相同，有些人可以只需要幾個月便能夠放下，有些人可能過了許多年依然執迷。但與其一直勉強自己放下卻又無法做到，不如多嘗試點學習與自己對話、明白自己內心的真正感受與想法，開始重新為自己編排好生活日程，讓自己在應該哭的時候哭、快樂的時候盡情，不能讓情緒完全支配淹沒你原來的臉，在那一個明白你的人出現之前，好好守護你自己。」

　　說得，總是比做得容易。

　　但是，看到這一段話之後，我知道，自己是真的應該繼續去寫曲。

　　就將我對他的思念、他的感情，都一一記載下來。

如果我不能將他忘記，如果他會永遠陪我走下去，我就要用盡餘生的氣力，將我的一切心血都用來好好紀念他、愛著他，讓他可以用另一種方式，繼續活下去。

　　就算會繼續悲傷，會流更多的淚，但我都要緊緊守護我們之間的回憶、他的溫柔，還有他留給我的這一個家。

　　我又怎麼捨得，再讓你一個人在回憶裡浮沉。

　　——…——…——…——

　　「你知道嗎，我最不捨得的，是什麼？」

　　「……是我嗎？」

　　「嗯，我最捨不得的，是之後只有你自己一個人，開心也好，不開心也好，只有你自己一個人，在回憶裡走不出來。」

　　「不會的……你不會走，我也一定會努力地繼續笑給你看、讓你每天都開心快樂。」

　　「總有一天，你一定會找到另一個會懂你、願意疼你的人的。」

　　「我不是說過了嗎？」我握緊他的手，微笑著、努力地說下去：「我已經找到了啊。」

　　——…——…——…——

　　就算如今，這個冷酷異境裡，只剩下我一個人。

　　就只有我一個人。

Chapter 08 天濛光

2017.

不知道後來的你，

有沒有找到另一個對的人，

找到屬於你的幸福？

後來，我認識了不同的人。

一些與你不太相似的人，

也有一些，有著一點你影子的人。

後來，我開始明白，

想忘記一個人，並不需要認識更多的人，

並不需要每天都想著要怎麼才能忘記。

後來，我去過很多地方，

一些以前曾經幻想過，

會與你結伴同遊的地方，

還有一些，其實你不可能會出現，

但你彷彿也依然存在的地方。

後來，我開始不會每天看你的臉書，

不會再故意重播你以前喜歡的歌，

不會再在手機裡輸入不會發送的短訊，

不會再去想，如果你也在旁會有多好，

不會再去不捨，如今應該比以前更快樂的你，

還有曾經那麼快樂的我們⋯⋯

後來，這一切都過去了。

當我們變回我和你，

當我偶爾幻想，在另一個世界裡，

我們依然在一起，

依然好好地在微笑著、幸福著，

我都會想，再這樣安慰自己下去，

也只是自欺欺人，也只會讓自己更感到悲哀。

因為我始終不可能親眼感受、確認，

你最幸福的那一個模樣；

因為我已經什麼都做不到，

又或者說，我所能做到的，

早就已經順利完成，

再也沒有我微笑出場的戲分。

這一切，都過去了。

或許總有一天，我也會心甘情願地，

將你的一切都轉變成一個回憶，

然後再往新的目標前進出發。

只是如今，只是偶爾，

我還是會忍不住，偷偷地想念你，

一遍又一遍⋯⋯

直到哪天，再也記不起你為止。

「謝謝你今天接受我們的訪問。第一個問題是想問，為什麼你會開始寫作？」

「最初是想寫下自己的一些想法與心情，希望找到會有共鳴的人。之後，在網路上遇到一些人，每天都會來看我寫的故事與散文，和我分享他們的看法與感受。是從那時開始，自己漸漸喜歡寫作這回事，我是個不善於和別人說話的人，但是透過寫作，我反而得到一個互相理解的機會與途徑。」

「感覺上，你不像是一個不擅溝通的人，而且讀者們都很喜歡能夠和你交流，在網路上不時都會看到你與讀者的對話，感覺很有趣。」

「是大家的友善與熱情，讓我也想和他們多點交流。我總覺得，在他們的故事與生活裡，我所學到的、所得到的，比我所能夠表達出來的其實要多出很多很多。」

「那麼透過文字，你最希望告訴讀者一些什麼？」

「嗯，我想大家在看過我的文字後，即使感到傷心或絕望，但還是能夠找到重新開始的勇氣。」

「如果是已經絕望的事情，還能夠再重新開始嗎？」

「有些事情，可能真的已經沒有可能挽回。就好像，自己喜歡的對象已經有了喜歡的人，又或是，對方已經很明確地表示不可能再與你在一起。但這裡的重新開始，其實是指讓自己再次向前走的意思。有時我們會陷在回憶裡，因為曾經太美好或太難過，而自覺或不自覺地將自己的心封閉起來，忘記回到眼前的這個當下，漸漸失去了再往前走的力氣與決心。」

「嗯，有點劫後餘生的感覺。」

「是的，要重新開始，是不容易的，只是時間與世界會繼續提醒我們要前進，自己卻始終沒有這個準備。很多時候我們不是忘記了目標，只是

不容易將自己原本所擁有的還有已經失去的，都看得很輕很輕。」

「這種說法有點玄呢，感覺像是要將一切歸零，也是需要勇氣？」

「或者也需要一點運氣吧。很多時候，我們知道自己不開心，但想不通如何才可以讓自己解開心結。我有一個朋友，幾年前家裡要大裝修，在裝修之前，他一直都很期待屋子裝修之後，原本殘舊的家會變得如何漂亮整潔。家人花了大錢請人來設計及動工，他還很積極地提出意見及出資，只是裝修完成後，家裡徹徹底底來了個大翻新，就如大家所預想的那樣，可是我的朋友卻開始抑鬱起來，幾年來身心狀態越變越差。後來他告訴我，在裝修時，原來家人將他很多東西都丟了，有些是再也買不回來的，有些是很有紀念價值的，但家人說那些東西沒用、佔空間，也不顧他反對就全部都丟了。有些人會提倡學習如何『斷捨離』，但並不是每個人都已經做好了準備。如果有些事物真的重要，就算明知道是一個負累，我們也會寧願緊緊擁抱著，甚至會期望有天能夠陪自己白頭到老。要如何放下，也不是三言兩語就可以勸得了，得看各人自己的修行與造化。」

「嗯，那麼你自己也有一些放不下的經驗嗎？」

「哈哈，我有很多事情都仍然放不下，要說的話，可能一個小時都說不完。」

「例如曾經暗戀過的人？」

「說到暗戀，你有試過向自己單戀的對象表白嗎？」

記者的眼神有點困惑，過了一會才回答：「沒有。」

「為什麼沒有呢？」

「因為害怕失敗吧。」記者苦笑。

「是的，單戀本身若註定對方不會喜歡自己的話，那麼勉強去表白，到最後一定會以失敗告終吧。有一次，有個女生忽然來跟我表白，她說她喜歡我。當時我愣住了，看著那個女生，一時之間不知如何反應……那個

女生卻逕自說下去，她知道我不會喜歡她，但是她希望我是否能認真考慮她一下；當時我實在不明白，為什麼明知道會失敗，但她還是來問我，而且沒有一絲膽怯……如果明知道我不喜歡你，那為什麼還要我去考慮你？當下我實在忍不住，這樣反問她。」

「那麼，那個女生怎麼回答？」

「她就只是輕輕微笑一下，跟我說，她希望知道答案之後，可以重新開始。」

「重新開始？」

「當時我也像你一樣，並不明白她的意思。後來想了很多很多，我才明白，有時明知失敗，但我們還是會鼓起勇氣，將自己那份卑微的心意，告訴對方知道，並不是為了期望會得到對方的喜歡，而是希望，自己在認真表白、在得到對方明確的答案之後，自己可以真正地死心，可以讓自己再重新開始、向著本來的目標與理想前進。這次表白，是一個儀式，是一個用來跟過去單戀別人的自己告別的儀式，是讓自己可以繼續往前成長、然後有天可以無憾地笑著回望這段過去的重要儀式。」

「我有點明白了，這就是你最初提到，重新開始的真正意思。」記者出了一會神，然後又說：「真好，如果有這樣的一個人跟我告白，即使我不喜歡對方，但我一定會很感動的。」

我微微笑了一下，當作回答。

「那麼我再問另一個問題，可能不少讀者都會好奇想知道……你的作品通常都與愛情有關，而且感覺非常真實、常常會讓人覺得有共鳴，想請問你是否有過不少戀愛經驗？」

「這問題有點尷尬啊，哈哈。但我想說，不是要談過很多戀愛，才可以寫出關於戀愛時的心情與感覺。我是一個很喜歡反思的人，同一件事，有時我會用不同的角度，去想很多很多遍、想各種可能性；漸漸我就發

現，同一件事，除了不同的人會有不同的角度思想，原來在不同的時間，也會衍生出不同的體會與反思。就好像我們聽一首歌，最初聽的時候可能會覺得不被吸引，但是幾年後，當你經歷過一些事情、當你得到了及失去了多一些什麼，有天你無意中聽到歌曲的其中一句歌詞，你忽然覺得這首歌完全說中了你的心情，你終於聽明白了這首歌的意思。然後這首歌，可能會變成你的 playlist 裡經常重播的一首歌。然後，又過了幾年，你累積了更多人生經驗，有更多不同的體會，你可能又會開始厭倦這首歌。但這並不等於，這首歌就完全沒有了它的價值。也許會有那麼一天，在你與更多不同的人，經歷過不一樣的離合聚散，你忽然記起了，最初是哪一個人，介紹這首歌給你，告訴你這首歌很好聽，那時你方明白，為什麼對方那時候會喜歡這首歌，為什麼對方會介紹這一首歌給你聽，而你跟那個人仍然有聯繫嗎？但是他曾經最喜歡的一首歌，如今卻變成你依然最喜歡的這首歌。我很喜歡思考，每個人在不同的人生階段裡，人心有著怎樣的轉變、怎樣的堅持，可能是我想得太多，所以寫出來的時候，就好像是經歷了很多；雖然也會有些讀者覺得，我寫來寫去都像是在寫著同一件事情，而這是我要努力提升自己的地方。」

「那麼在這些故事與作品當中，也會有你自己的故事嗎？」

「難免會有一點影子。」

「那麼，有沒有哪一個故事、哪一本書，是你自己感受最深、或最喜歡的？」

「唔……」

「如果你不想說，也不要緊，抱歉問了這一個問題。」

「不不不，也不是不想說，而是這個問題，我在想著應該怎樣回答。對我來說，感受最深的故事，我還沒有真正寫出來。」

「啊，是為了什麼呢？」

「因為，有些想法、心情與回憶，當真的用文字記錄下來，之後就不可以再回去了。」

說完這一句話，我心裡輕輕呼了口氣。記者一臉不明白，像是希望我再說明補充下去。但我只是笑了一下，然後和記者分享了另一個故事。

—…—…—…—

我叫天濛光，是一個作者，平時喜歡在網路上寫作，幸運地出過幾本書，遇到一群喜歡我的讀者。

其實，我沒有寫作的天分，能夠寫書，是我的運氣比較好；能夠寫到現在，是我跟其他也在努力的人一樣，仍然在堅持，捨不得就這樣放棄而已。

記得第一次寫小說，是我在大學一年級的時候。那時候，生活比較單調，每天除了上課，就是留在宿舍裡念書、上網。有天突然心血來潮，在網誌上寫了一篇八萬字的小說，將自己暗戀一個人的種種心情，還有成長所遇到的困惑、幼稚、對未來的各種想像與不安，都寫在裡面。

現在回頭看，這部小說當然有它不成熟，甚至稚嫩的地方，如果現在讓我再寫，也許可以寫得更好；只是可以寫得更好，卻未必等於可以再寫出當時的心情。畢竟是第一次寫作，所投注的感情也比較重，自己寫的時候並沒察覺，但當抽離來看，對沒有經歷過類似心情的人來說，也許會完全不明所以，也有點矯揉造作。因此當時我上傳到部落格連載時，讀者並不太多，但那時可以遇到知音人，就已經覺得心滿意足。

之後幾年，由最初下課後每天花半小時時間去寫，到後來下班後每天花兩小時時間去寫，已經變成了一個不變的生活習慣。

雖然曾經也有夢想過，有天能夠得到出書的機會，但因為有做過出版的朋友跟我說，出版社通常對網上發表過的小說與文字一向興趣缺缺，因為讀者都在網路上已經看過內容了，他們又怎麼會願意再花錢去買一本已經看過的書。

因此，對於出版我一直不敢抱有太多期望，可以如願當然最好，但即使不能變成書，我也會繼續寫下去；因為我寫作，不是為了名利，而是為了能夠遇到一個有共鳴的人。只要有人會有共鳴，文字是不是印在書本之上，對我來說已經不重要了。

只是，藉著書本這個媒介，還是可以讓我遇到更多意想不到的人。

就例如，簡珮兒。

————…——…——…——

「你好，前幾天，我在便利店看到你的書《別人的歌》，很喜歡裡面的文字還有故事，有很多感觸。請恕我唐突，我想問你一個問題……

你覺得，怎樣才能夠讓自己快樂起來，才能夠告別那些太沉重的悲傷？

我的男友，在半年前去世了。

我很想念他，只是我實在不知道應該如何做才好，很想逃離這種情緒，只是越是逃走，就越覺得走不出來……」

還記得那時候，原本我是在聽著歌，但是當我看著這個從臉書傳來的訊息時，我忽然覺得，一切都變得安靜起來。

去，那不如也嘗試一下，暫時不要再逃，就先這樣靜靜地留在原地，盡
情地悲傷，或盡情地去回憶那些，你其實仍然捨不得放開的曾經。畢
竟，沒有目標地想逃離一個地方、或一種情緒，往往比起有一個明確目
標努力去追，是要來得困難呢。」

　　之後過了好一段時間，簡珮兒都沒有回覆。

　　我可以看到訊息已被讀取的標記，知道沒有傳失了。我打開她的臉書，
看見她近來仍然有更新。

　　曾經我也遇過這樣的讀者來訊，當我回覆後，就沒有了回音。也許
他只是想讓你知道、他喜歡你的作品，也許他只是希望作者能夠回覆他
的煩惱，也許是我這個作者的回答並不符合他的期望，又也許，他是不
知道應該如何回覆你、所以才沒有回訊……但這些都是我自己的猜想，
畢竟我不可能知道每個人的心裡想法，也沒法子去勉強對方要回覆。

　　我只希望，她收到我的回覆之後，能夠想通一點什麼，就好了。

　　兩個月後，簡珮兒終於再傳來訊息，她這次跟我說：

　　「最近我又看了你的另一本書《假如有一種關係叫你和我》，讓我想
起自己年輕時的事情呢。想問一下，你是否會幫別人的歌曲填詞？」

　　「是的，我會填詞，但我不是專業的填詞人，只是為了自己好玩。　:)」

　　「那麼你可以幫我填詞嗎？」

　　「你會寫歌嗎？」我問她。

　　「會，但我也只是業餘的……我可以傳給你一些我的作品嗎？」

　　「可以啊。」

　　就是從那天開始，我們兩人就在網路上交流作曲與填詞的心得。

　　簡珮兒偶爾會將新作好的歌傳我，如果我喜歡那首歌，我就會問她

可不可以讓我填詞，她總是會答應我的請求。詞填好後，她就會自己在家裡錄製歌曲，然後發表在臉書上。

　　她作曲的原因，不是只為了自娛。這是她男朋友去世前，囑咐她要做的事情。

　　「我的朋友總是叫我不要再作曲。」

　　「為什麼呢？」

　　「因為她覺得，我整天躲在家裡，就只是在電腦前面作曲，很不健康。」

　　「的確是有點不健康呢，哈哈。」

　　「連你也這樣說我，哼。」

　　「多出外走走，呼吸新鮮空氣，才會有更多靈感。」

　　「你寫書的時候，不是都只是對著電腦嗎？」

　　「是的，但我會到不同的地方寫作。」

　　「例如呢？」

　　「例如，會到咖啡店，會到海邊，會到圖書館，甚至是坐在街上某個角落，只要有手機，就可以隨時寫了。」

　　「我偶爾也會跟朋友們去海邊，用手機記下靈感。」

　　「你喜歡在海邊寫歌嗎？」

　　「聽著風，的確是會有不同的靈感。只是每次去到海邊，總會讓我記起以前和他的那些回憶。」

　　「本來就是不會忘記的，不是嗎？」

　　「是的，但每次回想起，就會感到無比悲傷……曾經有一個人，在這片海前，擁著自己入睡，夢想著將來的幸福……但他還是不會再出現了，就只是如此而已。」

　　「既快樂，也痛苦的那些回憶。」

　　「是的。」

「嗯⋯⋯如果可以將這些心情與感受，將之轉化成音樂表達出來，我想又會有不同的感覺呢⋯」

「你還是會想到作曲的事情呢。」

「我只是在想，如何將你剛才所說的感情，寫成一首歌詞而已。」

「真的可以寫得出來嗎？」

「首先還是要你先寫好歌曲。」

「哼，那我就去寫。」

「哈哈，等你。」

—⋯—⋯—⋯—

〈一起與你望海〉

曲：簡貝

詞：天濛光

唱：簡貝

嘿　你還在嗎

你今天過得還好吧

你還是在那裡　自由自在地笑吧

昨天　我帶著笑

又再來到這個海岸

想起你的從前　都快要忘了時間

你今天還好嗎　我今天還是這樣吧
一樣的安靜　一樣的想你
跟昨天沒有太多不同嗎

你明天還在嗎　我明天會好嗎
大海依然安靜　回憶依然有你
一切都很好　只因有你
一切都很美　但不會有你

一切都很醉　但仍是會想你
一切都很遠　什麼時候　才可以說再見

——…——…——…——

偶爾，簡珮兒會沒有回覆我的訊息。

按她的解釋，如果她沒有回覆，就應該是和朋友正在出外旅行。她的朋友一直鼓勵她出外散心，並付諸實行請假陪她出遊。我跟她說，這樣的朋友其實很難得，應該要好好珍惜。

但這種情況其實甚少出現。她躲在家裡的時候，比起出外的時候，實在要多得太多。

有時，她可以連續十幾個小時不停跟我在臉書傳訊息，表面上是一起討論作曲與填詞，但實質上就是聽她在回憶她與男朋友的種種往事。

「有一次，我們去了新加坡，我帶他去吃雪糕三明治，我跟他說，這是新加坡的美食。但他卻說，他小時候在香港也有吃過啊，在澳門也有

得吃。當時我不太相信,因為他的表情好像是在開玩笑。後來回到香港,有一天他一臉神秘地,要我走到廚房打開冰箱看看,於是我就打開,你猜我在裡面看到什麼?」

「就是雪糕三明治嗎?」我微笑輸入。

「打開冰箱之前,我也是這樣想,但是當我打開之後,就只是看到一本小小的筆記簿,放在冰箱裡。原來他將雪糕三明治的製作方法,圖文並茂地寫在裡面,然後又寫下了在香港與澳門哪些地方可以嚐到雪糕三明治,並附上地址與營業時間,而且他還手畫了那些店鋪的雪糕三明治兌換券。」

「雪糕三明治兌換券?是真的可以用嗎?」

「當時我沒有細想,就以為是他特別手作這本筆記簿,用來哄我開心。直到上個月,我和朋友去澳門散心,在光顧一間餐廳時,我記起他在筆記簿裡有提過這間餐廳,於是我從背包拿出筆記簿,找出那張兌換券來。我的朋友笑問,剛好有兌換券不是可以拿來用嗎?怎知餐廳的老闆聽見了,就走上前來看我們的兌換券,然後老闆說,是的,這張兌換券是真的,你們可以換領一份雪糕三明治。」

「那……你的男朋友是一早就已經跟餐廳談好的嗎?」

「後來我們在另一個地方,也看到有雪糕三明治販售,我們拿出了兌換券,也可以換到一份雪糕三明治。」

「這個實在是太嚇人了……」

「他在筆記簿裡寫了七個雪糕三明治的販售點,有七張兌換券,後來我逐間去光顧那些地方,他們都說,一年前有個男生來找他們提議這個雪糕三明治兌換券計劃,那個男生跟他們解釋,因為他的女朋友很喜歡吃雪糕三明治,所以希望用這樣的兌換券來哄女朋友開心;老闆們見他一番誠意,而且他也預先付了雪糕三明治的錢,對他們也沒有損失,所

以都答應了。只是他們沒有想過，真的會有一個女生拿著兌換券來換取雪糕三明治。他們都問我，那個男生現在怎樣了，我都會回說，他現在過得很好，我不想讓他們知道，他原來已經去世了。」

「傻瓜。」

「嗯？」

「你是特地逐間去尋找那些兌換點，希望能夠在老闆們那兒聽到一點你所不知道的、關於他的事情吧。」

「被你發現了。」

「唉。」

「他對我很好，是吧？」

「是的。」

只是那一種好，對如今的她來說，卻是一種難以放開的牢籠。

越是回憶，就越痛。

很多時候，她都會在訊息對話裡，在不知不覺間，在回憶裡陷得越來越深。

即使，她偶爾會嘗試振作，偶爾會對我說她已經放下了、她明天一定會好起來的話，偶爾她會分享一些正能量的語錄給我，偶爾甚至不會回覆我的短訊、以表示她已經完全復原；只是不久之後，夜了，或差不多都要睡了，她還是會傳來短訊給我，告訴我，她這天又有新的作曲靈感。

然後，又將她這天記起的回憶、這夜放不下的悲傷，和我分享。

每次，我都只是靜靜等待著她接下來的訊息，偶爾回她一個單字，偶爾我會罵她一兩句，偶爾，我也不知道應該怎樣回應才好。

但每次，到了最後，她都會跟我說謝謝，謝謝我的陪伴。

每次，都是在天色開始明亮的時分。

—‥—‥—‥—

〈謝謝你〉

曲：簡貝
詞：天濛光
唱：簡貝

謝謝　是一種幸運
謝謝　是一種福氣
謝謝　是一種感恩
謝謝　是一種默默思念

謝謝　是一種心意
謝謝　是一種感情
謝謝　是一種後悔
謝謝　是一種無可奈何

謝謝你　這天還是很想親口對你說
你的好你的傻你的癡你的真
都足以照亮我的明日
都無法讓我輕易忘卻

謝謝你　給過我這些太清晰的幸運
我的痛我的倔我的笨我的淚
都彷彿變得無處可逃
都讓我捨不得走過去
謝謝　是一種問候
謝謝　是一種道別
謝謝　是一種呼吸
謝謝　是一種不可重來

謝謝你　曾經出現在我面前
謝謝你　在你離開以後
我才想起要感謝
才學會什麼叫作　後悔

—…—…—…—

之後，有大半年時間，簡珮兒沒有與我聯絡。

我猜，她是與朋友們出外旅行了吧。

從她的臉書相片裡可以看到，她與朋友們去了不少地方，巴黎鐵塔、日本福岡的紫藤隧道、柬埔寨吳哥窟、紐西蘭螢火蟲洞、馬爾地夫的星海、美國斯卡吉特谷的鬱金香田……都可以看到她的蹤跡。

相片裡的她，感覺上還是不太快樂。她的朋友們，總是笑得比她燦爛。但怎樣也好，至少她是願意往外走了。

其實放下一個人，並不是需要去忘記什麼、甚至將所有苦與樂都忘掉。就只需要重新記起，就算有些傷痛很難遺忘，但我們還是可以再次創

造新的回憶，放不下什麼，也不等於我們就不能夠再次去抓緊什麼、抱緊身邊的人。

然後漸漸，我在她的相片裡，開始可以看見她的笑臉。

開始會出現，她曾經有過的快樂自信模樣。

還有一抹，很漂亮、很動人的笑臉。

那張相片，是在一月一日的清晨，於鳳凰山上所拍的。

旭日從雲海升起，天空一片亮麗無暇，她與另一個男生，看著鏡頭，一起快樂地微笑著。那個男生，是之前經常和她去旅遊的其中一位朋友。

我曾經看過這樣的笑容。

後來我才知道，原來每一個人，都會擁有這樣美的笑容。

當你真正喜歡了另一個人，當你剛剛陷進了一段戀愛，那一刻的笑容，是最美的。

也只會屬於某一個人。

—…—…—…—

兩個月後，有一天晚上，簡珮兒終於傳來了訊息。

「你最近好嗎？　:)」

「還好啊，你呢？　:)」

「我也還好，最近都在忙什麼呢？」

「寫書、趕稿……你呢，最近都在忙旅行吧？」

「哈哈，你又知道？」

「我偶爾也會看你的臉書嘛。」

「嘩，原來你會來看我的臉書，真的受寵若驚呢！」

「有沒有這麼誇張……」

「你的讀者這麼多，他們一定會很羨慕。 :p 」

「你實在想得太多了。 -_- 」

「怎樣也好，還是感謝你的關心呢。 :) 」

「小事小事。 :) 」

「對了，我有些事情，想問你的意見……」

「請說。 :) 」

「記得兩年前，最初傳給你短訊時，我向你問過的問題嗎？」

「記得。」

「我想，來到這天，我可以走出來了。」

「那不是很好嗎？」

「但是，我真的可以這樣走出來嗎？」

「為什麼不可以呢？」

「因為……我不能夠忘記他對我的好，不能夠忘記他對我的恩情，我說過要繼續愛他、永遠守著他的記憶，讓他陪著我，以後一起活下去的。」

「他不在了，但他只要仍活在你的心裡，那他也是會陪你一起繼續活下去……不是嗎？」

「只是，我開始忘記了，和他之間的回憶。」

「唔……」

「我今天忽然想起，我竟然忘記了，我第一天跟他交往時的情形，我們是怎樣開始的？他那時候的表情，到底是怎樣的？我竟然開始記不清楚。」

「也許你只是一時忘了吧？而且，都很多年前了，是嗎？」

「但以前，我明明記得很清楚的，如今我記得最清楚的，就是我忘記了和他有過的很多快樂回憶……」

「即使是這樣，你也不需要太自責呀。」

「不需要嗎？」

「有時我們以為，有些事情無論過了多少年都不會忘記，但我們其實比起自己所想像中善忘得多。當那個人或那些事是無比重要，就自然會很難忘記；但當有人開始變得沒那麼重要了，我們的記憶也會開始騰出空間，讓其他較重要的事情中填補。其實大部分人都會這樣，可以忘記，說到底，是一種運氣，也是一種幸福呢。」

「但這也是說明了，我是一個三心兩意、花心的女人，是嗎？我竟然可以就這樣忘掉了，與心愛的人的重要回憶，還漸漸可以笑出來了，漸漸不再記起當初的悲傷，還可以再次對人敞開懷抱……我這樣的人，明明最初是那樣悲傷，但我其實也只是一個薄情的人吧，竟然可以再次對人笑了，竟然可以淡忘了和他有過的甜蜜與痛苦……」

看到這裡，我不由得重重地呼了一口氣。

「我好怕，有天他會從我的記憶裡消失，不只是他的笑容，還有他的一切，他對我的好……但其實我如今這樣想，也只是一種自我滿足或安慰吧，因為有天，我可能也會忘記了這樣的自己、這一刻的感受……我開始變得越來越不明白自己，也不知道自己應該如何是好……」

「傻瓜，你這樣子自責，已經有多久了？」

「在新年之後。」

「你遇到另一個喜歡的人了，是嗎？:)」

「是的……」

「那太好了。:)」

「為什麼好？」

「我想，那一個在天堂上的他，之前在天上一直有看你為了他而如此

痛苦，心裡一定也不好受吧。如果真正愛一個人，不會希望看到自己愛
著的人，為了自己而感到迷失，甚至放棄了自己真正喜歡的事情，以及
夢想。如果對方真的為了自己而放棄了重要的事情，那麼，自己也是會
不好受吧，我每每不知道，如何才可以跟這個人再相處，因為你知道，
一個人要放棄自己喜歡不喜歡的事情是有多難，如今你愛著的人為
而如此痛苦，那可是自己要慶幸要放鬆也會加難受，你說是嗎？」

　　簡珮兒沒有回答，我讓自己微笑一下，繼續輸入：

　　「又或者說，你越是自責，越是感到痛苦，對於不能由為你做什麼的
他而言，又是會有多痛苦了也不好，如今的你，終於可以由衷地重新露出
笑顏，終於可以重新喜歡另一個人了，終於，你遇到另一個喜歡的人，
可以有機會再重新向前……對於你來說，他不再是一個痛苦的回憶了，
是嗎？」

　　然後，簡珮兒仍是沒有回應，一直都沒有回應。
　　直到，時針走過了十二這個數字，她才對我說：

「謝謝你，我想通了。 :)」
「想通就好 :)」
「一直以來，幸好有你在，我才可以走過這些難過的日子。」
「其實我也沒有做到什麼」
「不，對我來說，已經太足夠。」
「呵呵」
「無論如何，我也衷心感謝」

「嗯，你也別太晚睡。」

「嗯。」

「晚安 :)」

「晚安 :)」

—…—…—…—

又過了一年。

有天，簡珮兒在短訊裡，這樣說：

「你好，很久沒跟你聊天了，希望你一切都安好。 :)

「這次我想告訴你一個好消息，我要結婚了！婚期是在六月二十八日，是在我生日的那一天。希望那天你能夠來呢，我晚點會再傳給你喜帖。雖然到現在，我還沒有見過你，在臉書上也找不到你的照片，但是請容我把你當成是我的好朋友，永遠的好朋友。 :)

「對了，能夠告訴我你的真名嗎？我會寫在喜帖上。另外，抱歉現在才告訴你，其實『簡貝』只是我的網名，我的真正名字叫『簡珮兒』。 :)

「期待你的回覆，希望可以見到你啊。 :)」

—…—…—…—

2014 年 6 月 29 日，簡珮兒生日的第二天，我剛剛跟出版社簽了第一本書的合約，懷著興奮的心情，興沖沖地從出版社離開。

想不到，當我離開出版社，就在出版社門外，碰見了林銘謙。

「我找你找了很久了。」

這是他的第一句話，然後他輕輕地苦笑了一下。

原本，我是打算不理會他，直接離開。但是他接下來說的話，讓我不由得止住了步伐。

　　「我希望你能夠幫我照顧簡珮兒。」

　　「為什麼？」我回頭問。

　　他還是淡淡地向我苦笑了一下，接著他告訴我，他的時間已經所剩不多了……

　　之後，他一五一十地告訴我這些年來的故事。

　　最後，他向我說對不起，他希望我能夠答應他的請求。

　　但是我始終沒有答應他。

　　「但是我知道，你一定會用你自己的方式，就像之前幾年一樣，繼續默默地守護她，是嗎？」

　　「謝謝你。」

　　林銘謙臨離開前的一天，傳給我這兩個短訊。

　　然後，時光飛逝，不知不覺來到了這一天。

　　曾經我想過，告訴簡珮兒，其實我是李明信。

　　曾經我想過，告訴簡珮兒，林銘謙最後的請求。

　　曾經我想過，告訴簡珮兒，我以前曾經喜歡過她，真的好喜歡、好喜歡。

　　但是來到這天，當我在臉書看見，她與未婚夫公佈了婚訊，她臉上那抹幸福美滿的笑容，我忽然覺得，自己之前一直都沒有告訴她，真的是太好了。

　　她終於還是找到另一個，懂她疼她的人了。

　　林銘謙，相信你也會認同的，是嗎？

　　—…—…—…—

「抱歉，你大婚那天，我剛好要到馬來西亞，我想我不能去了。對了，最近我將〈尋覓〉這首歌重新填詞，就當是我送給你的結婚禮物吧。在此先祝你們能夠幸福美滿，白頭到老。:)」

—…—…—…—

〈又回到最初的起點〉

曲：簡貝
詞：天濛光

還記得嗎　我們曾在那星空下
許過同一個心願　造過同一個夢
還記得嗎　我們曾在晨曦之前
期許能友誼永固　成為一個更好的人

如果可以　真想回到那個時候
一切是那麼單純　還會笑著再見
如果可以　真想走到你的面前
對你說一聲抱歉　再說一遍有多想你

我知道　有些人一旦錯過就不再
我知道　有些難過還是會過
我知道　有些沉默就是不會再見
我知道　有些笑臉不可再追

我知道　你會找到一個疼你的人
我知道　你會比我更加幸運
我知道　你值得擁有更好的未來
我知道　你會一直笑到最後

這樣就已經足夠了

曾聽說過
愛的開始　就是戀的終結
我知道我又回到最初的起點
一個已經離你很遠的起點

但只希望　你會更加幸福
不會回望這段曾經
繼續去追　屬於你的幸福
不要回到這個起點

記得不要再錯過　手裡握緊著的幸福

曾
經

Afterword 後記

　　常常，我們原本想要完成的目標，跟我們最後能夠真正做出來的事情，是兩個截然不同的世界。我們都不想錯過重要的人與事，希望能夠與心愛的人一起找到幸福，於是努力追尋、奮鬥堅持，投入多少心血與時間，偶爾苦等偶爾迷失；但到最後我們還是會發現，自己所能夠控制的事情，其實並不太多。

　　很多年前，曾經喜歡過一個女生，只是最後她跟別人走在一起。幾年後，有天忽然聽朋友說起，女生跟男朋友分手了，原本我以為，他們是會一起走到白頭的。我知道她很喜歡他，雖然兩人是和平地分手，對她來說卻是一個嚴重的打擊。每次聚會看到她在強顏歡笑、心神恍惚，心裡就忍不住想，應該怎麼做，才可以讓她重新振作起來、回復當初的笑顏⋯⋯

　　只是，即使想過了多少個夜深，或是偷偷地做了多少她不知道、也未必有效果的事情，那一個她，後來還是漸漸找回了最初的笑顏，還是繼續展開了她本來要走下去的人生。而當中，原來並不需要有我的支持或推動，因為在她的身邊，早已經有著很多善良而溫柔的人，在她的人生裡，其實早已經種下了屬於她的緣分與幸福。後來，她跟另一個我完全不認識的人走在一起，並成家立室。生命可以影響生命，但能夠影響她的人，不一定是我，也

不應該是只有我。而我若然再去做些什麼，最後就會變成一種自我滿足吧。我所應該做的，就是好好地祝福她，不要再有任何打擾，希望她與另一半會展開一段更幸福的旅程……

即使到最後，還是只能繼續錯過這一個人。

但沒有這一次的錯過，也許我就不會經歷一段沉溺的日子，不會開始變得喜歡寫作，不會遇到更多不同的人與事，不會出現這一本書，不會遇到如今在讀著這一頁的你，不會展開這一段原本不會預料得到的人生。有些人與事，錯過了就是錯過了，再怎麼不捨，一切還是不會重來；再怎麼放下或忘記，還是會伴我們繼續成長、偶爾擾亂我們的人生。但我們還是要學著如何面對，學著對那一個一直回望、遺憾、迷失、膽小的自己，說一聲再見，將這些既難忘也苦澀的感情與心意，真正地變成一個不會重來的回憶；這樣，我們才能夠再次重拾力氣，勇敢地邁步向前，繼續努力地笑或哭，去累積更多更多值得懷念的回憶。然後哪天，我們終於會在真正對的時間，遇上那一個不會再彼此錯過的人，一個不會讓你再落寞地懷念的人……

其實，並沒有什麼真正對的人，就只有那一個，會一起走到最後的人。沒有誰與誰應該在一起，只有誰與誰最後在一起；沒有誰與誰不應在一起，只有誰與誰仍然在一起。是這樣吧。

希望有天，你終於可以找到這一個人。也希望到時候，你終於能夠好好擁抱，曾經被錯過了的、如今還未可釋懷的，那一個自己。

然後，要過得比現在更幸福。

Middle

曾 經 錯 過 的 時 間
曾 經
對 過 的 你

MIDDLE 作品 05

曾經錯過的時間 曾經對過的你 / Middle著.
-- 初版. -- 臺北市 : 春天出版國際,
2018.07
　　面；　公分. -- (Middle作品；5)
ISBN 978-957-9609-74-6 (平裝)

857.7

作　　　者	Middle
總　編　輯	莊宜勳
主　　編	鍾靈
協　　力	阿丁@ 格子盒作室（香港）
攝　　影	Middle
封　面　設　計	克里斯
內　頁　設　計	missquai
排　　版	三石設計
出　版　者	春天出版國際文化有限公司
地　　址	台北市信義路四段458號3樓
電　　話	02-7718-0898
傳　　眞	02-7718-2388
E － m a i l	story@bookspring.com.tw
網　　址	http://www.bookspring.com.tw
部　落　格	http://blog.pixnet.net/bookspring
郵　政　帳　號	19705538
戶　　名	春天出版國際文化有限公司
法　律　顧　問	蕭顯忠律師事務所
出　版　日　期	二〇一八年七月初版
定　　價	340元
總　經　銷	楨德圖書事業有限公司
地　　址	新北市新店區寶興路45巷6弄6號5樓
電　　話	02-8919-3186
傳　　眞	02-8914-5524